www.ingramcontent.com/pod-product-compliance
Lightning Source LLC
LaVergne TN
LVHW010756051026
849532LV00007B/2386
* 9 7 8 9 3 6 9 0 8 8 9 6 6 *

احمد ندیم قاسمی کی منتخب کہانیاں

مرتبہ : اعجاز جبید

Ahmad Nadeem Qasmi ki muntakhab KahaniyaaN

by: Ahmad Nadeem Qasmi

Edition: May '2025

Publisher :

Taemeer Publications LLC (Michigan, USA / Hyderabad, India)

ISBN 978-93-6908-896-6

کتاب	:	**احمد ندیم قاسمی کی منتخب کہانیاں**
مصنف	:	**احمد ندیم قاسمی**
ترتیب / تدوین	:	اعجاز عبید
صنف	:	فکشن
ناشر	:	تعمیر پبلی کیشنز (حیدرآباد، انڈیا)
سالِ اشاعت	:	۲۰۲۵ء
صفحات	:	۱۶۰
سرورق ڈیزائن	:	تعمیر ویب ڈیزائن

فہرست

گنڈاسا

اکھاڑہ جم چکا تھا۔ طرفین نے اپنی اپنی 'چوکیاں' چن لی تھیں۔ 'پڑکوڈی' کے کھلاڑی جسموں پر تیل مل کر بجتے ہوئے ڈھول کے گرد گھوم رہے تھے۔ انہوں نے رنگین لنگوٹیں کس کر باندھ رکھی تھیں۔ ذرا ذرا سے سفید پھینٹھے ان کے چپڑے ہوئے لانبے لانبے پٹوں کے نیچے سے گزر کر سر کے دونوں طرف کنول کے پھولوں کے سے طرے بنا رہے تھے۔ وسیع میدان کے چاروں طرف گپوں اور حقوں کے دور چل رہے تھے اور کھلاڑیوں کے ماضی اور مستقبل کو جانچا پرکھا جا رہا تھا۔ مشہور جوڑیاں ابھی میدان میں نہیں اتری تھیں۔ یہ نامور کھلاڑی اپنے دوستوں اور عقیدت مندوں کے گھیرے میں کھڑے اس شدت سے تیل چپڑوا رہے تھے کہ ان کے جسموں کو ڈھلتی دھوپ کی چمک نے بالکل تانبے کا سا رنگ دے دیا تھا، پھر یہ کھلاڑی بھی

میدان میں آئے، انہوں نے بجتے ہوئے ڈھولوں کے گرد چکر کاٹے اور اپنی اپنی چوکیوں کے سامنے ناچتے کودتے ہوئے بھاگنے لگے اور پھر آناً فاناً سارے میدان میں ایک سرگوشی بھنور کی طرح گھوم گئی۔ ''مولا کہاں ہے؟''

مولا ہی کا کھیل دیکھنے تو یہ لوگ دور دراز کے دیہات سے کھنچے چلے آئے تھے۔ ''مولا کا جوڑی وال تاجا بھی تو نہیں!'' دوسرا بھنور پیدا ہوا لوگ پوربی چوکوں کی طرف تیز تیز قدم اٹھاتے بڑھنے لگے، جما ہوا پڑ ٹوٹ گیا۔ منتظمین نے لمبے لمبے بیدوں اور لاٹھیوں کو زمین پر مار مار کر بڑھتے ہوئے ہجوم کے سامنے گرد کا طوفان اڑانے کی کوشش کی کہ پڑ کا ٹوٹنا اچھا شگون نہ تھا مگر جب یہ سرگوشی ان کے کانوں میں سیروں بارود بھرا ہوا ایک گولا ایک چکرا دینے والے دھماکے سے پھٹ پڑا۔ ہر طرف سناٹا چھا گیا۔ لوگ پڑ کی چوکور حدوں کی طرف واپس جانے لگے۔ مولا اپنے جوڑی وال تاجے کے ساتھ میدان میں آگیا۔ اس نے پھندنوں اور ڈوریوں سے سجے اور لدے ہوئے ڈھول کے گرد بڑے وقار سے تین چکر کاٹے اور پھر ڈھول کو پوروں سے چھو کر یا علیؓ کا نعرہ لگانے کے لئے ہاتھ ہوا میں بلند کیا ہی تھا کہ ایک آواز ڈھولوں کی دھما دھم چیرتی پھاڑتی اس کے سینے پر گنڈاسا بن کر پڑی ''مولے، اے مولے بیٹے۔ تیرا باپ قتل ہو گیا!''

مولا کا اٹھا ہوا ہاتھ سانپ کے پھن کی طرح لہرا گیا اور پھر ایک دم جیسے اس کے قدموں میں نہتے نکل آئے۔ ''رنگے نے تیرے باپ کو ادھیڑ ڈالا ہے گنڈاسے سے!'' ان کی ماں کی آواز نے اس کا تعاقب کیا!

پڑ ٹوٹ گیا۔ ڈھول رک گئے۔ کھلاڑی جلدی جلدی کپڑے پہننے لگے۔ ہجوم میں افراتفری پیدا ہوئی اور پھر بھگدڑ مچ گئی۔ مولا کے جسم کا تانبا گاؤں کی گلیوں میں کوندتے بکھیرتا اڑا جا رہا تھا۔ بہت پیچھے اس کا جوڑی وال تاجا اپنے اور مولا کے کپڑوں کی گٹھڑی سینے سے لگائے آ رہا تھا اور پھر اس کے پیچھے ایک خوف زدہ ہجوم تھا۔ جس گاؤں میں کسی شخص کو ننگے سر پھرنے کا حوصلہ نہ ہو سکتا تھا وہاں مولا صرف ایک گلابی لنگوٹ باندھے پنہاریوں کی قطاروں، بھیڑوں، بکریوں کے ریوڑوں کو چیرتا ہوا لپکا جا رہا تھا اور جب وہ رنگے کی چوپال کے بالکل سامنے پہنچا تو سامنے ایک اور ہجوم میں سے پیر نور شاہ نکلے اور مولا کو للکار کر بولے۔ ''رک جا مولے!''

مولا لپکا گیا مگر پھر ایک دم جیسے اس کے قدم جکڑ لئے گئے اور وہ بت کی طرح جم کر رہ گیا۔ پیر نور شاہ اس کے قریب آئے اور اپنی پاٹ دار آواز میں بولے۔ ''تو آگے نہیں جائے گا مولا!''

ہانپتا ہوا مولا کچھ دیر پیر نور شاہ کی آنکھوں میں آنکھیں ڈالے کھڑا رہا۔ پھر بولا ''آگے نہیں جاؤں گا پیر جی تو زندہ کیوں رہوں گا؟''۔

''میں کہہ رہا ہوں'' پیر جی 'میں' پر زور دیتے ہوئے دبدبے سے بولے۔

مولا ہانپنے کے باوجود ایک ہی سانس میں بولتا چلا گیا۔ ''تو پھر میرے منہ پر کالک بھی مل ڈالئے اور ناک بھی کاٹ ڈالئے میری، مجھے تو اپنے باپ کے خون کا بدلہ چکانا ہے پیر جی۔ بھیڑ بکریوں کی بات ہوتی تو میں آپ کے کہنے پر یہیں سے پلٹ جاتا۔۔''

مولا نے گردن کو بڑے زور سے جھٹکا دے کر رنگے کے چوپال کی طرف دیکھا۔ رنگا اور اس کے بیٹے بٹھوں سر گنڈاسے چڑھائے چوپائے پر تنے کھڑے تھے۔ رنگے کا بڑا لڑکا بولا۔

''آؤ بیٹے آؤ۔ گنڈاسے کے ایک ہی وار سے پھٹے ہوئے پیٹ میں سے انتڑیوں کا ڈھیرا نہ اگل ڈالوں تو قادا نام نہیں، میرا گنڈاسا جلد باز ہے اور کبڈی کھیلنے والے لاڈلے بیٹے باپ کے قتل کا بدلا نہیں لیتے، روتے ہیں اور کفن کا لٹھا ڈھونڈنے چلے جاتے ہیں۔۔''

مولا جیسے بات ختم ہونے کے انتظار میں تھا۔ ایک ہی رفتار میں چوپال کی سیڑھیوں پر پہنچ گیا۔ مگر اب کبڈی کے میدان کا ہجوم بھی پہنچ گیا تھا اور گاؤں کا گاؤں اس کے

راستے میں حائل ہو گیا تھا۔ جسم پر تیل چپڑ رکھا تھا اس لئے وہ روکنے والوں کے ہاتھوں سے نکل نکل جاتا مگر پھر جکڑ لیا جاتا۔ ہجوم کا ایک حصہ رنگے اور اس کے تینوں بیٹوں کو بھی روک رہا تھا۔ چار گنڈا سے ڈوبتے ہوئے سورج کی روشنی میں جنوں کی طرح بار بار دانت چمکا رہے تھے کہ اچانک جیسے سارے ہجوم کو سانپ سونگ گیا۔

پیر نور شاہ قرآن مجید کو دونوں ہاتھوں میں بلند کئے چوپال کی سیڑھیوں پر آئے اور چلائے۔ ''اس کلام اللہ کا واسطہ اپنے اپنے گھروں کو چلے جاؤ ورنہ بدبختو گاؤں کا گاؤں کٹ مرے گا۔ جاؤ تمہیں خدا اور رسولؐ کا واسطہ، قرآن پاک کا واسطہ، جاؤ، چلے جاؤ۔۔''

لوگ سر جھکا کر ادھر ادھر بکھرنے لگے۔ مولا نے جلدی سے تائے سے پٹکا لے کر ادب سے اپنے گھٹنوں کو چھپا لیا اور سیڑھیوں پر سے اتر گیا۔ پیر صاحب قرآن مجید کو بغل میں لئے اس کے پاس آئے اور بولے۔ ''اللہ تعالی تمہیں صبر دے اور آج کے اس نیک کام کا اجر دے۔۔''

مولا آگے بڑھ گیا۔ تاجا اس کے ساتھ تھا اور جب وہ گلی کے موڑ پر پہنچے تو مولا نے پلٹ کر رنگے کی چوپال پر ایک نظر ڈالی۔

''تم تو رو رہے ہو مولے؟'' تاجے نے بڑے دکھ سے کہا۔

اور مولا نے اپنے ننگے بازو کو آنکھوں پر رگڑ کر کہا۔ ''تو کیا اب روؤں بھی نہیں؟''

''لوگ کیا کہیں گے؟'' تاجے نے مشورہ دیا۔

''ہاں تاجے!'' مولا نے دوسری بار بازو آنکھوں پر رگڑا۔ ''میں بھی تو یہی سوچ رہا ہوں کہ لوگ کیا کہیں گے، میرے باپ کے خون پر مکھیاں اڑ رہی ہیں اور میں یہاں گلی میں ڈورے ہوئے کتے کی طرح دم دبائے بھاگا جا رہا ہوں ماں کے گھٹنے سے لگ کر رونے کے لئے!''

لیکن مولا ماں کے گھٹنے سے لگ کر رویا نہیں۔ وہ گھر کے دالان میں داخل ہوا تو رشتہ دار اس کے باپ کی لاش تھانے اٹھا لے جانے کا فیصلہ کر چکے تھے۔ منہ پیٹتی اور بال نوچتی ماں اس کے پاس آئی اور ''شرم تو نہیں آتی'' کہہ کر منہ پھیر کر لاش کے پاس چلی گئی۔ مولا کے تیور اسی طرح تنے رہے۔ اس نے بڑھ کر باپ کی لاش کو کندھا دیا اور برادری کے ساتھ روانہ ہو گیا۔

اور ابھی لاش تھانے نہیں پہنچی ہو گی کہ رنگے کی چوپال پر قیامت مچ گئی۔ رنگا چوپال کی سیڑھیوں پر سے اتر کر سامنے اپنے گھر میں داخل ہونے ہی لگا تھا کہ کہیں سے ایک گنڈاسا لپکا اور انتڑیوں کا ایک ڈھیر اس کے پھٹے ہوئے پیٹ سے باہر ابل کر اس کے گھر کی دہلیز پر بھاپ چھوڑنے لگا۔ کافی دیر کو افراتفری کے بعد رنگے کے بیٹے گھوڑوں

پر سوار ہو کر رپٹ کے لیئے گاؤں سے نکلے ، مگر جب وہ تھانے پہنچے تو یہ دیکھ کر دم بخود رہ گئے کہ جس شخص کے خلاف وہ رپٹ لکھوانے آئے ہیں وہ اپنے باپ کی لاش کے پاس بیٹھا تسبیح پر قل ھواللہ کا ورد کر رہا تھا۔ تھانے دار کے ساتھ انہوں نے بہت ہیر پھیر کی کوشش کی اور اپنے باپ کا قاتل مولا ہی کو ٹھہرایا مگر تھانیدار نے انہیں سمجھایا کہ ''خواہ مخواہ اپنے باپ کے قاتل کو ضائع کر بیٹھو گے ، کوئی عقل کی بات کرو۔ ادھر یہ میرے پاس اپنے باپ کے قتل کی رپٹ لکھوا رہا ہے ادھر تمہارے باپ کے پیٹ میں گنڈاسا بھی بھونک آیا ہے۔۔''

آخر دونوں طرف سے چالان ہوئے ، لیکن دونوں قتلوں کا کوئی چشم دید ثبوت نہ ملنے کی بناء پر طرفین بری ہو گئے اور جس روز مولا رہا ہو کر گاؤں میں آیا تو اپنی ماں سے ماتھے پر ایک طویل بوسہ ثبت کرانے کے بعد سب سے پہلے تاجے کے ہاں گیا۔ اسے بھینچ کر گلے لگایا اور کہا۔ ''اس روز تم اور تمہارا گھوڑا میرے کام نہ آتے تو آج میں پھانسی کی رسی میں توری کی طرح لٹک رہا ہوتا۔ تمہاری جان کی قسم جب میں نے رنگے کے پیٹ کو کھول کر رکاب میں پاؤں رکھا ہے ، آندھی بن گیا خدا کی قسم.... اسی لیئے تو لاش ابھی تھانے بھی نہیں پہنچی تھی کہ میں ہاتھ جھاڑ کر واپس بھی آگیا۔۔''

سارے گاؤں کو معلوم تھا کہ رنگے کا قاتل مولا ہی ہے، مگر مولے کے چند عزیزوں اور تاجے کے سوا کوئی نہیں جانتا تھا کہ یہ سب کچھ ہوا کیسے پھر ایک دن گاؤں میں یہ خبر گشت کرنے لگی کہ مولا کا باپ تو رنگے کے بڑے بیٹے قادر کے گنڈاسے سے مرا تھا رنگا تو صرف ہشکار رہا تھا بیٹوں کو۔ رات کو چوپالوں اور گھروں میں یہ موضوع چلتا رہا اور صبح کو پتہ چلا کہ قادر اپنے کوٹھے کی چھت پر مردہ پایا گیا اور وہ بھی یوں کہ جب اس کے بھائیوں پھلے اور گلے نے اسے اٹھانے کی کوشش کی تو اس کا سر لڑھک کر نیچے گرا اور پرنالے تک لڑھکتا چلا گیا، رپٹ لکھوائی اور مولا پھر گرفتار ہو گیا۔ مرچوں کا دھواں پیا، تپتی دوپہروں میں لوہے کی چادر پر کھڑا رہا۔ کتنی راتیں اسے اونگھنے تک نہ دیا گیا مگر وہ اقبالی نہ ہوا اور آخر مہینوں کے بعد رہا ہو کر گاؤں میں آ نکلا اور جب اپنے آنگن میں قدم رکھا تو ماں بھاگی ہوئی آئی۔ اس کے ماتھے پر طویل بوسہ لیا اور بولی۔

''ابھی دو اور باقی ہیں میرے لال۔ رنگے کا کوئی نام لیوا نہ رہے، تو جبھی بتیس دھاریں بخشوں گی۔ میرے دودھ میں تیرے باپ کا خون تھا۔ مولے اور تیرے خون میں میرا دودھ ہے اور تیرے گنڈاسے پر میں نے زنگ نہیں چڑھنے دیا۔''

مولا اب علاقے بھر کی ہیبت بن گیا تھا۔ اس کی مونچھوں میں دو دو بل آ گئے تھے۔ کانوں میں سونے کی بڑی بڑی بالیاں، خوشبودار تیل اس کے لہرئیے بالوں میں آگ کی

قلمیں سی جگائے رکھتا تھا۔ ہاتھی دانت کا ہلالی کنگھا اتر کر اس کی کنپٹی پر چمکنے لگا تھا۔ وہ گلیوں میں چلتا تو سٹھے کے تہبند کا کم سے کم آدھا گز تو اس کے عقب میں لوٹتا ہوا جاتا۔ باریک ململ کا پٹکا اس کے کندھے پر پڑا رہتا اور اکثر اس کا سرا اگر کر زمین پر گھسٹنے لگتا۔ اور گھسٹتا چلا جاتا۔ مولا کے ہاتھ میں ہمیشہ اس کے قد سے بھی لمبی تلی پلی لٹھ ہوتی اور جب وہ گلی کے کسی موڑ یا کسی چوراہے پر بیٹھتا تو یہ لٹھ جس انداز سے اس کے گھٹنے سے آ لگتی اسی انداز سے لگی رہتی اور گلی میں سے گزرنے والوں کو اتنی جرأت نہ ہوتی کہ وہ مولا کی لٹھ ایک طرف سرکانے کے لئے کہہ سکیں۔ اگر کبھی لٹھ ایک دیوار سے دوسری دیوار تک تن گئی تو لوگ آتے، مولا کی طرف دیکھتے اور پلٹ کر کسی دوسری گلی میں چلے جاتے۔ عورتوں اور بچوں نے تو وہ گلیاں ہی چھوڑ دی تھیں جہاں مولا بیٹھنے کا عادی تھا۔ مشکل یہ تھی کہ مولا کی لٹھ پر سے الانگنے کا بھی کسی میں حوصلہ نہ تھا۔ ایک بار کسی اجنبی نوجوان کا اس گلی میں سے گزر ہوا۔ مولا اس وقت ایک دیوار سے لگا لٹھ سے دوسرے دیوار کو کریدے جا رہا تھا۔ اجنبی آیا اور لٹھ پر سے الانگ گیا۔ ایکا ایکی مولا نے بپھر کر ٹینک میں سے گنڈاسا نکالا اور لٹھ پر چڑھا کر بولا۔ ''ٹھہر جاؤ چھوکرے، جانتے ہو تم نے کس کی لٹھ الانگی ہے یہ مولا کی لٹھ ہے۔ مولے گنڈاسے والے کی۔۔''

نوجوان مولا کا نام سنتے ہی یک لخت زرد پڑ گیا اور ہولے سے بولا۔ ''مجھے پتہ نہیں تھا، مولے۔۔''

مولا نے گنڈاسا اتار کر ٹینک میں اڑس لیا اور لٹھ کے ایک سرے کو نوجوان کے پیٹ پر ہلکے سے دبا کر بولا۔ ''تو پھر جا کر اپنا کام کر۔۔'' اور پھر وہ لٹھ کو یہاں سے وہاں تک پھیلا کر بیٹھ گیا۔

مولا کا لباس، اس کی چال، اس کی مونچھیں اور سب سے زیادہ اس کا لاابالی انداز، یہ سب پہلے گاؤں کے فیشن میں داخل ہوئے اور پھر علاقے بھر کے فیشن پر اثر انداز ہوئے لیکن مولا کی جو چیز فیشن میں داخل نہ ہو سکی وہ اس کی لانبی لٹھ تھی۔ تیل پلی، پیتل کے کوکوں سے اٹی ہوئی، لوہے کی شاموں میں لپٹی ہوئی، گلیوں کے کنکروں پر بجتی اور یہاں سے وہاں تک پھیل کر آنے والوں کو پلٹا دینے والی لٹھ اور پھر وہ گنڈاسا جس کی میان مولا کی ٹینک تھی اور جس پر اس کی ماں زنگ کا ایک نقطہ تک نہیں دیکھ سکتی تھی۔

لوگ کہتے تھے کہ مولا گلیوں کے نکڑوں پر لٹھ پھیلائے اور گنڈاسا چھپائے گلے اور پھلے کی راہ تکتا ہے۔ قادرے کے قتل اور مولے کی رہائی کے بعد پھلا فوج میں بھرتی ہو کر چلا گیا تھا اور گلے نے علاقہ کے مشہور رسہ گیر چوہدری مظفر الٰہی کے ہاں پناہ لی تھی،

جہاں وہ چوہدری کے دوسرے ملازموں کے ساتھ چناب اور راوی پر سے بیل اور گائیں چوری کر کے لاتا۔ چوہدری مظفر اس مال کو منڈیوں میں بیچ کر امیروں، وزیروں اور لیڈروں کی بڑی بڑی دعوتیں کرتا اور اخباروں میں نام چھپواتا اور جب چناب اور راوی کے کھوجی مویشیوں کے کھروں کے سراغ کے ساتھ ساتھ چلتے چوہدری مظفر کے قصبے کے قریب پہنچتے تو جی میں کہتے۔ ''ہمارا ماتھا پہلے ہی ٹھنکا تھا!'' انہیں معلوم تھا کہ اگر وہ کھروں کے سراغ کے ساتھ ساتھ چلتے چودھری کے گھر تک جا پہنچے تو پھر کچھ دیر بعد لوگ مویشیوں کی بجائے خود کھوجیوں کا سراغ لگاتے پھریں گے اور لگا نہ پائیں گے۔ وہ چوہدری کے خوف کے مارے قصبے کے ایک طرف سے نکل کر اور تھلوں کے ریتے میں پہنچ کر یہ کہتے ہوئے واپس آ جاتے ''کھروں کے نشان یہاں سے غائب ہو رہے ہیں۔۔''

مولا نے چوہدری مظفر اور اس کے پھیلے ہوئے بازوؤں کے بارے میں سن رکھا تھا۔ اسے کچھ ایسا لگتا تھا کہ جیسے علاقہ بھر میں صرف یہ چوہدری ہی ہے جو اس کی لٹھ الانگ سکتا ہے لیکن فی الحال اسے رنگے کے دونوں بیٹوں کا انتظار تھا۔

تاجے نے بڑے بھائیوں کی طرح مولے کو ڈانٹا ''اور کچھ نہیں تو اپنی زمینوں کی نگرانی کر لیا کر، یہ کیا بات ہوئی کہ صبح سے شام تک گلیوں میں لٹھ پھیلائے بیٹھے ہیں اور

میراثیوں، نائیوں سے خدمتیں لی جارہی ہیں۔ تو شاید نہیں جانتا پر جان لے تو اس میں تیرا ہی بھلا ہے کہ مائیں بچوں کو تیرا نام لے کر ڈرانے لگی ہیں، لڑکیاں تو تیرا نام سنتے ہی تھوک دیتی ہیں، کسی کو بد دعا دینی ہو تو کہتی ہیں اللہ کرے تجھے مولا بیاہ کر لے جائے۔ سنتے ہو مولے!''

لیکن مولا تو جس بھٹی میں کودا تھا اس میں پک کر پختہ ہو چکا تھا۔ بولا ''ابے جا تاجے اپنا کام کر، گاؤں بھر کی گالیاں سمیٹ کر میرے سامنے ان کا ڈھیر لگانے آیا ہے؟ دوستی رکھنا بڑی جی داری کی بات ہے بیٹھے، تیرا جی چھوٹ گیا ہے تو میری آنکھوں میں دھول کیوں جھونکتا ہے۔ جا اپنا کام کر، میرے گنڈاسے کی پیاس ابھی تک نہیں بجھی..... جا.....''

اس نے لاٹھی کو کنکروں پر بجایا اور گلی کے سامنے والے مکان میں میراثی کو بانگ لگائی۔ ''ابے اب تک چلم تازہ نہیں کر چکا الو کے بیٹھے جا کر گھر والوں کی گود میں سو گیا چلم لا۔۔''

تاجا پلٹ گیا مگر گلی کے موڑ پر رک گیا اور مڑ کر مولے کو کچھ یوں دیکھا جیسے اس کی جواں مرگی پر پھوٹ کر رو دے گا۔

مولا کنکھیوں سے اسے دیکھ رہا تھا اٹھا اور لٹھ کو اپنے پیچھے گھسیٹتا تاجے کے پاس آ کر بولا ''دیکھ تاجے مجھے ایسا لگتا ہے تو مجھ پر ترس کھا رہا ہے اس لئے کہ کسی زمانے میں تیری یاری تھی پر اب یہ یاری ٹوٹ گئی ہے۔ تاجے تو میرا ساتھ نہیں دے سکتا تو پھر ایسی یاری کو لے کر چاٹنا ہے۔ میرے باپ کا خون اتنا سستا نہیں تھا کہ رنگے اور اس کے ایک ہی بیٹے کے خون سے حساب چک جائے، میرا گنڈاسا تو ابھی اس کے پوتے، پوتیوں، نواسے، نواسیوں تک پہنچے گا، اس لئے جا اپنا کام کر۔ تیری میری یار ختم۔ اس لئے مجھ پر ترس نہ کھایا کر، کوئی مجھ پر ترس کھائے تو آنچ میرے گنڈاسے پر جا پہنچتی ہے جا۔۔''

واپس آ کر مولا نے میراثی سے چلم لے کر کش لگایا تو سلفہ ابھر کر بکھر گیا۔ ایک چنگاری مولا کے ہاتھ پر گری اور ایک لمحہ تک وہیں چمکتی رہی۔ میراثی نے چنگاری کو جھاڑنا چاہا تو مولا نے اس کے ہاتھ پر اس زور سے ہاتھ مارا کہ میراثی بل کھا رہ گیا اور ہاتھ کو ران اور پنڈلی میں دبا کر ایک طرف ہٹ گیا اور مولا گرجا۔ ''ترس کھاتا ہے حرامزادہ۔۔''
اس نے چلم اٹھا کر سامنے دیوار پر پٹخ دی اور لٹھ اٹھا کر ایک طرف چل دیا۔

لوگوں نے مولا کو ایک نئی گلی کے چوراہے پر بیٹھے دیکھا تو چونکے اور سرگوشیاں کرتے ہوئے ادھر ادھر بکھر گئے۔ عورتیں سر پر گھڑے رکھے آئیں اور 'ہائیں' کرتی واپس

چلی گئیں۔ مولا کی لٹھ یہاں سے وہاں تک پھیلی ہوئی تھی۔ اور لوگوں کے خیال میں اس پر خون سوار تھا۔

مولا اس وقت دور مسجد کے مینار پر بیٹھی ہوئی چیل کو تکے جا رہا تھا۔ اچانک اسے کنکروں پر لٹھ کے بجنے کی آواز آئی۔ چونک کر اس نے دیکھا کہ ایک نوجوان لڑکی نے اس کی لٹھ اٹھا کر دیوار کے ساتھ رکھ دی ہے اور ان لانبی سرخ مرچوں کو چن رہی ہے جو جھکتے ہوئے اس کے سر پر رکھی ہوئی گٹھڑی میں سے گر گئی تھیں۔ مولا سناٹے میں آ گیا لٹھ کو الانگنا تو ایک طرف رہا اس نے یعنی ایک عورت ذات نے لٹھ کو گندے چیتھڑے کی طرح اٹھا کر پرے ڈال دیا ہے اور اب بڑے اطمینان سے مولا کے سامنے بیٹھی مرچیں چن رہی ہے اور جب مولا نے کڑک کر کہا۔ ''جانتی ہو تم نے کس کی لاٹھی پر ہاتھ رکھا ہے جانتی ہو میں کون ہوں تو اس نے ہاتھ بلند کر کے چنی ہوئی مرچیں گٹھڑی میں ٹھونستے ہوئے کہا کوئی سڑی لگتے ہو۔۔''

مولا مارے غصے کے اٹھ کھڑا ہوا۔ لڑکی بھی اٹھی اور اس کی آنکھوں میں آنکھیں ڈال کر نرمی سے بولی ''اسی لئے تو میں نے تمہاری لٹھ تمہارے سر پر نہیں دے ماری ایسے لٹے لٹے سے لگتے تھے مجھے تو تم پر ترس آ گیا تھا۔۔''

''ترس آ گیا تھا تمہیں مولا پر؟'' مولا دھاڑا۔

''مولا!'' لڑکی نے گٹھڑی کو دونوں ہاتھوں سے تھام لیا اور ذرا سی چونکی۔

''ہاں، مولا، گنڈاسے والا'' مولا نے ٹھسے سے کہا اور وہ ذرا سی مسکرا کے گلی میں جانے لگی۔ مولا کچھ دیر وہاں چپ چاپ کھڑا رہا اور پھر ایک سانس لے کر دیوار سے لگ کر بیٹھ گیا۔ لٹھ کو سامنے کی دیوار تک پھیلا لیا تو پرلی طرف سے ادھیڑ عمر کی ایک عورت آتی دکھائی دی۔ مولا کو دیکھ کر ٹھٹکی۔ مولا نے لٹھ اٹھا کر ایک طرف رکھ دی اور بولا۔ ''آ جاؤ ماسی، آ جاؤ میں تمہیں کھا تھوڑی جاؤں گا۔۔''

حواس باختہ عورت آئی اور مولے کے پاس سے گزرتے ہوئے بولی۔ ''کیسا جھوٹ بکتے ہیں لوگ، کہتے ہیں جہاں مولا بخش بیٹھا ہو وہاں سے باؤ کتا بھی دبک کر گزرتا ہے، پر تو نے میرے لئے اپنی لٹھ۔۔۔۔۔''

''کون کہتا ہے؟'' مولا اٹھ کھڑا ہوا۔

''سب کہتے ہیں، سارا گاؤں کہتا ہے، ابھی ابھی کنوئیں پر یہی باتیں ہو رہی تھیں، پر میں نے تو اپنی آنکھوں سے دیکھ لیا کہ مولا بخش۔۔۔۔''

لیکن مولا اب تک اس گلی میں لپک کر گیا تھا جس میں ابھی ابھی نوجوان لڑکی گئی تھی۔ وہ تیز تیز چلتا گیا اور آخر دور لمبی گلی کے سرے پر وہی لڑکی جاتی نظر آئی، وہ بھاگنے لگا۔ آنگنوں میں بیٹھی ہوئی عورتیں دروازوں تک آ گئیں اور بچے چھتوں پر چڑھ گئے۔ مولا

کا گلی سے بھاگ کر نکلنا کسی حادثے کا پیش خیمہ سمجھا گیا۔ لڑکی نے بھی مولا کے قدموں کی چاپ سن لی تھی، وہ پلٹی اور پھر وہیں جم کر کھڑی رہ گئی۔ اس نے بس اتنا ہی کیا کہ گٹھڑی کو دونوں ہاتھوں سے تھام لیا، چند مرچیں دہکتے ہوئے انگاروں کی طرح اس کے پاؤں پر بکھر گئیں۔

''میں تمہیں کچھ نہیں کہوں گا۔۔'' مولا پکارا۔ ''کچھ نہیں کہوں گا تمہیں۔۔''

لڑکی بولی۔ ''میں ڈر کے نہیں رکی۔ ڈریں میرے دشمن۔۔''

مولا رک گیا، پھر ہولے ہولے چلتا ہوا اس کے پاس آیا اور بولا۔ ''بس اتنا بتا دو تم ہو کون؟''

لڑکی ذرا سا مسکرا دی۔

عقب سے کسی بڑھیا کی آواز آئی۔ ''یہ رنگے کے چھوٹے بیٹے کی منگیتر راجو ہے، مولا بخش۔۔''

مولا آنکھیں پھاڑ پھاڑ کر راجو کو دیکھنے لگا۔ اسے راجو کے پاس رنگا اور رنگے کا سارا خاندان کھڑا نظر آیا۔ اس کا ہاتھ ٹینک تک گیا اور پھر رسے کی طرح لٹک گیا۔ راجو پلٹ کر بڑی متوازن رفتار سے چلنے لگی۔

مولا نے لاٹھی ایک طرف پھینک دی اور بولا۔ ''ٹھہرو راجو، یہ اپنی مرچیں لیتی جاؤ۔۔''

راجو رک گئی۔ مولا نے جھک کر ایک ایک مرچ چن لی اور پھر اپنے ہاتھ سے انہیں راجو کی گٹھڑی میں ٹھونستے ہوئے بولا۔ ''تمہیں مجھ پر ترس آیا تھا نا راجو؟''۔

لیکن راجو ایک دم سنجیدہ ہو گئی اور اپنے راستے پر ہو لی۔ مولا بھی واپس جانے لگا۔ کچھ دور ہی گیا تھا کہ بڑھیا نے اسے پکارا۔ ''یہ تمہاری لٹھ تو یہیں رکھی رہ گئی مولا بخش!''

مولا پلٹا اور لٹھ لیتے ہوئے بڑھیا سے پوچھا۔

''ماسی! یہ لڑکی راجو کیا یہی کی رہنے والی ہے؟ میں نے تو اسے کبھی نہیں دیکھا۔۔''

''یہیں کی ہے بھی بیٹا اور نہیں بھی۔۔'' بڑھیا بولی۔ ''اس کے باپ نے لام میں دونوں بیٹوں کے مرنے کے بعد جب دیکھا کہ وہ روز ہل اٹھا کر اتنی دور کھیتوں میں نہیں جا سکتا تو گاؤں والے گھر کی چھت اکھیڑی اور یہاں سے یوں سمجھو کہ کوئی دو ڈھائی کوس دور ایک ڈھوک بنا لی۔ وہیں راجو اپنے باپ کے ساتھ رہتی ہے، تیسرے چوتھے دن گاؤں میں سودا سلف خریدنے آ جاتی ہے اور بس۔۔''

مولا جواب میں صرف 'ہوں' کہہ کر واپس چلا گیا، لیکن گاؤں بھر میں یہ خبر آندھی کی طرح پھیل گئی کہ آج مولا اپنی لٹھ ایک جگہ رکھ کر بھول گیا۔ باتوں باتوں میں راجو کا ایک

دو بار نام آیا مگر دب گیا۔ رنگے کے گھرانے اور مولا کے درمیان صرف گنڈاسے کا رشتہ تھا نا اور راجو رنگے ہی کے بیٹے کی منگیتر تھی اور اپنی جان کسے پیاری نہیں ہوتی۔۔

اس واقعہ کے بعد مولا گلیوں سے غائب ہوگیا۔ سارا دن گھر میں بیٹھا لاٹھی سے دالان کی مٹی کریدتا رہتا اور کبھی باہر جاتا بھی تو کھیتوں چراگاہوں میں پھر پھرا کر واپس آ جاتا۔ ماں اس کے رویے پر چونکی مگر صرف چونکنے پر اکتفا کی۔ وہ جانتی تھی کہ مولا کے سر پر بہت سے خون سوار ہیں، وہ بھی جو بہا دئے گئے اور وہ بھی جو بہائے نہ جا سکے۔

یہ رمضان کا مہینہ تھا۔ نقارے پٹ پٹا کر خاموش ہو گئے تھے۔ گھروں میں سحری کی تیاریاں ہو رہی تھیں۔ دہی بلونے اور توے پر روٹیوں کے پڑنے کی آواز مندروں کی گھنٹیوں کی طرح پر اسرار معلوم ہو رہی تھیں۔ مولا کی ماں بھی چولہا جلائے بیٹھی تھی اور مولا مکان کی چھت پر ایک چارپائی پر لیٹا آسمان کو گھورے جا رہا تھا۔ یکایک کسی گلی میں ایک ہنگامہ مچ گیا۔ مولا نے فوراً لٹھ پر گنڈاسا چڑھایا اور چھت پر سے اتر کر گلی میں بھاگا۔ ہر طرف گھروں میں لالٹینیں نکلی آ رہی تھیں اور شور بڑھ رہا تھا۔ وہاں پہنچ کر مولا کو معلوم ہوا کہ تین مسافر جو نیزوں، برچھیوں سے لیس تھے، بہت سے بیلوں اور گائے بھینسوں کو گلی میں سے ہنکائے لئے جا رہے تھے کہ چوکیدار نے انہیں ٹوکا اور

جواب میں انہوں نے چوکیدار کو گالی دے کر کہا کہ یہ مال چوھدری مظفر الٰہی کا ہے، یہ گلی تو خیر ایک ذلیل سے گاؤں کی گلی ہے، چوھدری کا مال تو لاہور کی ٹھنڈک سڑک پر سے بھی گزرے تو کوئی اف نہ کرے۔

مولا کو کچھ ایسا محسوس ہوا جیسے چوھدری مظفر خود، بہ نفسِ نفیس گاؤں کی اس گلی میں کھڑا اس سے گنڈاسا چھیننا چاہتا ہے، کڑک کر بولا۔ ''چوری کا یہ مال میرے گاؤں سے نہیں گزرے گا، چاہے یہ چوھدری مظفر کا ہو چاہے لاٹ صاحب کا۔ یہ مال چھوڑ کر چپکے سے اپنی راہ لو اور اپنی جان کے دشمن نہ بنو!'' اس نے لٹھ کر جھکا کر گنڈاسے کو لالٹینوں کی روشنی میں چمکایا۔ ''جاؤ۔۔''

مولا گھرے ہوئے مویشیوں کو لٹھ سے ایک طرف ہنکانے لگا۔ ''جا کر کہہ دو اپنے چوھدری سے کہ مولا گنڈاسے نے تمہیں سلام بھیجا ہے اور اب جاؤ اپنا کام کرو۔۔''

مسافروں نے مولا کے ساتھ سارے ہجوم کے بدلے ہوئے تیور دیکھے تو چپ چاپ کھسک گئے۔ مولا سارے مال کو اپنے گھر لے آیا اور سحری کھاتے ہوئے ماں سے کہا کہ ''یہ سب بے زبان ہمارے مہمان ہیں، ان کے مالک پرسوں تک آ نکلیں گے کہیں سے اور گاؤں کی عزت میری عزت ہے ماں۔۔''

مالک دوسرے ہی دن دوپہر کو پہنچ گئے۔۔

یہ غریب کسان اور مزارعے کوسوں کی مسافتیں طے کر کے کھوجیوں کی ناز برداریاں کرتے یہاں تک پہنچے تھے اور یہ سوچتے آ رہے تھے کہ اگران کا مال چوھدری کے حلقۂ اثر تک پہنچ گیا تو پھر کیا ہوگا اور جب مولا ان کا مال ان کے حوالے کر رہا تھا تو سارا گاؤں باہر گلی میں جمع ہو گیا تھا اور اس ہجوم میں راجو بھی تھی۔ اس نے اپنے سر پر اینڈوا جما کر مٹی کا ایک برتن رکھا ہوا تھا اور منتشر ہوتے ہوئے ہجوم میں جب راجو مولا کے پاس سے گزری تو مولا نے کہا۔ ''آج بہت دنوں بعد گاؤں میں آئی ہو راجو۔۔''

''کیوں؟'' اس نے کچھ یوں کہا جیسے ''میں کسی سے ڈرتی تھوڑی ہوں'' کا تاثر پیدا کرنا چاہتی ہو۔ میں تو کل آئی تھی اور پرسوں اور ترسوں بھی۔ ترسوں تھوم پیاز خریدنے آئی۔ پرسوں بابا کو حکیم کے پاس لائی، کل ویسے ہی آ گئیں اور آج یہ گھی بیچنے آئی ہوں۔۔''

''کل ویسے ہی کیوں آ گئیں؟'' مولا نے بڑے اشتیاق سے پوچھا۔

''ویسے ہی بس جی چاہا آ گئے، سہیلیوں سے ملے اور چلے گئے، کیوں؟''

''ویسے ہی....'' مولا نے بجھ کر کہا، پھر ایک دم اسے ایک خیال آیا۔ ''یہ گھی بیچو گی؟''

''ہاں بیچنا تو ہے، پر تیرے ہاتھ نہیں بیچوں گی۔۔''

''کیوں؟''

''تیرے ہاتھوں میں میرے رشتہ داروں کا خون ہے۔۔''

مولا کو ایک دم خیال آیا کہ وہ اپنی لٹھ کو دالان میں اور گنڈاسے کو بستر تلے رکھ کر بھول آیا ہے۔ اس کے ہاتھوں میں چل سی ہونے لگی۔ اس نے گلی میں ایک کنکر اٹھایا اور اسے انگلیوں میں مسلنے لگا۔

راجو جانے کے لئے مڑی تو مولا ایک دم بولا۔ ''دیکھو راجو میرے ہاتھوں پر خون ہے ہی اور ان پر ابھی جانے کتنا اور خون چڑھے گا، پر تمہیں گھی بیچنا ہے اور مجھے خریدنا ہے، میرے ہاتھ نہ بیچو، میری ماں کے ہاتھ بیچ دو۔۔''

راجو کچھ سوچ کر بولی.... ''چلو.... آؤ....''

مولا آگے آگے چلنے لگا۔ جاتے جاتے جانے اسے وہم سا گزرا کہ راجو اس کی پیٹھ اور پٹوں کو گھورے جا رہی ہے۔ ایک دم اس نے مڑ کر دیکھا راجو گلی میں چگتے ہوئے مرغی کے چوزوں کو بڑے غور سے دیکھتی ہوئی آ رہی تھی۔ وہ فوراً بولا ''یہ چوزے میرے ہیں۔۔''

''ہوں گے۔۔'' راجو بولی۔

مولا اب آنگن میں داخل ہو چکا تھا، بولا ''ماں یہ سب گھی خرید لو، میرے مہمان آنے والے ہیں تھوڑے دنوں میں۔۔''

راجو نے برتن اتار کر اس کے دہانے پر سے کپڑا کھولا تا کہ بڑھیا گھی سونگھ لے، مگر وہ اندر چلی گئی تھی ترازو لینے اور مولا نے دیکھا کہ راجو کی کنپٹیوں پر سنہرے روئیں ہیں اور اس کی پلکیں یوں کمانوں کی طرح مڑی ہوئی ہیں جیسے اٹھیں گی تو اس کی بھنوؤں کو مس کر لیں گی اور ان پلکوں پر گرد کے ذرے ہیں اور اس کے ناک پر پسینے کے ننھے ننھے سوئی کے ناکے سے قطرے چمک رہے ہیں اور نتھنوں میں کچھ ایسی کیفیت ہے جیسے گھی کے بجائے گلاب کے پھول سونگھ رہی ہو۔ اس کے اوپر ہونٹ کی نازک محراب پر بھی پسینہ ہے اور ٹھوڑی اور نچلے ہونٹ کے درمیان ایک تل ہے جو کچھ یوں اچٹا ہوا لگ رہا ہے جیسے پھونک مارنے سے اڑ جائے گا۔ کانوں میں چاندی کے بندے انگور کے خوشوں کی طرح لس لس کرتے ہوئے لرز رہے ہیں اور ان بندوں میں اس کے بالوں کی ایک لٹ بے طرح الجھی ہوئی ہے۔ مولے گنڈاسے والے کا جی چاہا کہ وہ بڑی نرمی سے اس لٹ کو چھڑا کر راجو کے کانوں کے پیچھے جما دے یا چھڑا کر یونہی چھوڑ دے یا اسے اپنی ہتھیلی پر پھیلا کر ایک ایک بال کو گننے لگے یا....

ماں ترازو لے کر آئی تو راجو بولی۔ ''پہلے دیکھ لے ماسی، رگڑ کے سونگھ لے۔ آج صبح ہی کو تازہ تازہ مکھن گرم کیا تھا۔ پر سونگھ لے پہلے!''

''نہ بیٹی میں تو نہ سونگھوں گی''۔ ماں نے کہا ''میرا تو روزہ مکروہ ہوتا ہے!''۔

''لو'' مولا نے لٹھ کی ایک طرف گرا دیا۔ پانچوں آہستہ آہستہ اس کی طرف بڑھنے لگے۔ ہجوم جیسے دیوار سے چمٹ رہ گیا۔ بچے بہت پیچھے ہٹ کر کمہاروں کے آوے پر چڑھ گئے تھے۔

''کیا بات ہے؟'' مولا نے گلے سے پوچھا۔

گلا جواب اس کے پاس پہنچ گیا تھا بولا۔

''تم نے چوھدری مظفر کا مال روکا تھا!''

''ہاں'' مولا نے بڑے اطمینان سے کہا۔ ''پھر؟''

گلے نے کنکھیوں سے اپنے ساتھیوں کو دیکھا اور گلا صاف کرتے ہوئے بولا۔

''چوھدری نے تمہیں اس کا انعام بھیجا ہے اور کہا ہے کہ ہم یہ انعام ان سارے گاؤں والوں کے سامنے تمہارے حوالے کر دیں۔۔''

''انعام!'' مولا چونکا۔ ''آخر بات کیا ہے؟''

گلے نے تڑاخ سے ایک چانٹا مولا کے منہ پر مارا اور پھر بجلی کی سی تیزی سے پیچھے ہٹتے ہوئے بولا۔ ''یہ بات ہے۔۔''

تڑپ کر مولا نے لٹھ اٹھائی، ڈوبتے ہوئے سورج کی روشنی میں گنڈاسا شعلے کی طرح چمکا، پانچوں نووارد غیر انسانی تیزی سے واپس بھاگے، مگر گلا لاری کے پرلی طرف کنکروں پر پھسل کر گر گیا۔ لپکتا ہوا مولا رک گیا، اٹھا ہوا گنڈاسا جھکا اور جس زاویے پر جھکا تھا وہیں جھکا رہ گیا.... دم بخود ہجوم دیوار سے اچٹ اچٹ کر آگے آ رہا تھا۔ بچے آوے کی راکھ اڑاتے ہوئے اتر آئے، نورا دکان میں سے باہر آگیا۔

گلے نے اپنی انگلیوں اور پنجوں کو زمین میں یوں گاڑ رکھا تھا۔ جیسے دھرتی کے سینہ میں اتر جانا چاہتا ہے.... اور پھر مولا، جو معلوم ہوتا تھا کچھ دیر کے لئے سکتے میں آگیا ہے، ایک قدم آگے بڑھا، لٹھ کو دور دکان کے سامنے اپنے کھٹولے کی طرف پھینک دیا اور گلے کو بازو سے پکڑ کر بڑی نرمی سے اٹھاتے ہوئے بولا.... ''چوھدری کو میرا اسلام دینا اور کہنا کہ انعام مل گیا ہے، رسید میں خود پہنچانے آؤں گا۔۔''

اس نے ہولے ہولے گلے کے کپڑے جھاڑے، اس کے ٹوٹے ہوئے طرے کو سیدھا کیا اور بولا۔ ''رسید تم ہی کو دے دیتا پر تمہیں تو دولہا بننا ہے ابھی.... اس لئے جاؤ، اپنا کام کرو....''

گلا سر جھکائے ہولے ہولے چلتا گلی میں مڑ گیا.... مولا آہستہ آہستہ کھاٹ کی طرف بڑھا، جیسے جیسے وہ آگے بڑھ رہا تھا ویسے ویسے لوگوں کے قدم پیچھے ہٹ رہے تھے اور جب اس نے کھاٹ پر بیٹھنا چاہا تو کمہاروں کے آوے کی طرف سے اس کی ماں چیختی چلاتی بھاگتی ہوئی آئی اور مولا کے پاس آکر نہایت وحشت سے بولنے لگی۔ ''تجھے گلے نے تھپڑ مارا اور تو پی گیا چپکے سے ! ارے تو تو میرا حلالی بیٹا تھا۔ تیرا گنڈاسا کیوں نہ اٹھا؟ تو نے.... '' وہ اپنا سر پیٹتے ہوئے اچانک رک گئی اور بہت نرم آواز میں جیسے بہت دور سے بولی۔ ''تو تو رو رہا ہے مولے؟''

مولے گنڈاسے والے نے چارپائی پر بیٹھتے ہوئے اپنا ایک بازو آنکھوں پر رگڑا اور لرزتے ہوئے ہونٹوں سے بالکل معصوم بچوں کی طرح ہولے بولا ''تو کیا اب روؤں بھی نہیں!''۔

***

بین

بس کچھ ایسا ہی موسم تھا میری بچی، جب تم سولہ سترہ سال پہلے میری گود میں آئی تھیں۔ بکائن کے اودے اودے پھول اسی طرح مہک رہے تھے اور بیریوں پر گلہریاں چوٹی تک اسی طرح بھاگی پھرتی تھیں اور ایسی ہوا چل رہی تھی جیسے صدیوں کے سوکھے کواڑوں سے بھی کونپلیں پھوٹ نکلیں گی۔ جب تم میری گود میں آئی تھیں تو دیے کی کالی پیلی روشنی میں اونگھتا ہوا کوٹھا چمکنے سا لگا تھا اور دایہ نے کہا تھا کہ ہائے ری، اس چھوکری کے تو انگ انگ میں جگنو ٹکے ہوئے ہیں! اس وقت میں نے بھی درد کے خمار میں اپنے جسم کے اس ٹکڑے کو دیکھا تھا اور مجھے تو یاد نہیں پر دایہ نے بعد میں مجھے بتایا تھا کہ میں مسکرا کر تمھارے چہرے کی دمک میں اپنے ہاتھوں کی لکیروں کو یوں دیکھنے لگی تھی جیسے کوئی خط پڑھتا ہے۔

اگلی رات جب تمھارے بابا نے موقع پا کر تمھیں دیکھا تھا تو اداس ہو گیا تھا اور میں نے کہا تھا: ''تم تو کہتے تھے بیٹا ہو یا بیٹی سب خدا کی دین ہے، پھر اب کیوں منہ لٹکا لیا ہے۔۔'' اور اس نے کہا تھا: ''تو نہیں جانتی نا بھولی عورت، تو ماں ہے نا۔ تو کیسے جانے کہ خدا اتنی خوب صورت لڑکیاں صرف ایسے بندوں کو دیتا ہے جن سے وہ بہت خفا ہوتا ہے۔۔'' اس وقت میرا جی چاہا تھا کہ میں تمھارے بابا کی آنکھیں اس کی کھوپڑی میں سے نکال کر باداموں کی طرح توڑ دوں کیوں کہ میری جان، وہ تو تمھیں اس طرح دیکھ رہا تھا جیسے چڑیا سانپ کو دیکھتی ہے، وہ تمھاری خوب صورتی دیکھ کر ڈر گیا تھا اور پھر اس نے اپنی عمر کے سولہ سترہ سال تم سے ڈرتے ڈرتے گزار دیے۔ وہ اب بھی ڈرا اور سہما ہوا، باہر گلی میں بچھی ہوئی چٹائیوں پر لوگوں میں گھرا بیٹھا ہے اور آسمانوں کو یوں دیکھ رہا ہے جیسے کوئی اس کی طرف آ رہا ہے۔

تم مجھ پر تو نہیں گئی تھیں میری بچی، میں تو گاؤں کی ایک عام لڑکی تھی۔ میرا ناک نقشہ بالکل سیدھا سادا تھا۔ ہاں تم اپنے بابا پر گئی تھیں جو بہت خوب صورت تھا۔ وہ تو اب بھی خوب صورت ہے پر اب اس کی خوب صورتی سولہ سترہ سال کی گرد سے اَٹ گئی ہے۔ اب بھی اس کی بڑی بڑی چیرویں بادامی آنکھیں ہیں اور اب بھی اس کے چہرے اور مونچھوں کے رنگ میں سونا ہے پر جب تم پیدا ہوئی تھیں نا تو وہ بالکل

مورت تھا۔ تم آئیں تو وہ ڈر گیا تھا مگر اس ڈر نے اس کی شکل نہیں بدلی۔ بس ذرا سی بجھا دی۔ تمھارے آنے کے بعد میں نے اس کے موتیوں کے سے دانت بہت کم دیکھے۔ اس کے پنکھڑی ہونٹ ہمیشہ یوں بھینچے رہے جیسے کھلے تو کچھ ہو جائے گا۔ ابھی کچھ دیر پہلے جب وہ آیا اور اس نے تمھیں دیکھا تو مجھے ایسا لگا جیسے کسی بہت بڑے محل کی بنیادیں بیٹھ رہی ہیں۔ وہ یہاں کھڑے کھڑے ہی ایک دم اندر سے بوڑھا ہو گیا۔ جب وہ پلٹا تو میں ڈری کہ وہ گلی تک پہنچنے سے پہلے ہی ڈھیر ہو جائے گا مگر ابھی میں نے دیوار پر سے جھانکا ہے تو وہ گلی میں بیٹھا ہے اور جمع ہوتے ہوئے لوگوں کو یوں ڈر ڈر کر، چونک چونک کر دیکھ رہا ہے جیسے اس کی چوری پکڑی گئی ہے۔

تم جب تین چار سال کی ہو کر بھاگنے دوڑنے لگیں تو دیکھنے والوں کو یقین نہیں آتا تھا کہ مٹی کا بنا ہوا انسان اتنا خوب صورت بھی ہو سکتا ہے۔ ایک بار تم گر پڑیں اور تمھارے ماتھے پر چوٹ آئی تو میں تو روتے روتے نڈھال ہو گئی پر تمھارے بابا نے چہک کر کہا تھا ''خدا جو بھی کرتا ہے ٹھیک کرتا ہے۔ ہماری رانو بیٹی کے ماتھے پر چوٹ کے نشان نے اس کی خوب صورتی کو داغ دار کر دیا ہے۔۔'' پر خدا کو تو کچھ اور منظور تھا۔ چوٹ کا نشان تو باقی رہ گیا مگر یہ نشان بالکل نئے نئے چاند کا سا تھا۔ لال لال سا بھی اور سنہرا سنہرا سا بھی، جو اَب میری جان، پیلا پیلا سا لگ رہا ہے۔

پھر جب تم پانچ سال کی ہوئیں تو میں نے قرآن شریف پڑھانے کے لیے تمھیں بی بی جی کے پاس بٹھادیا۔ تب پتا چلا کہ تمھاری آواز بھی تمھاری طرح خوب صورت ہے۔ بی بی جی کے گھر کی دیواروں کے اندر سے قرآن شریف پڑھنے والی بچیوں کی آوازیں آتی تھیں تو ان میں سے میری رانو بیٹی کی آواز صاف پہچانی جاتی تھی۔ تمھاری آواز میں چاندی کی کٹوریاں بجتی تھیں۔ ایسی کھنک کہ تم چپ بھی ہو جاتی تھیں تو جب بھی چار طرف سے جھنکار سی اٹھتی رہتی تھی۔ پھر یوں ہوا کہ پہلے تم آیت پڑھتی تھیں اور تمھارے بعد تمھاری ہم سبقوں کی آوازیں آتی تھیں۔ یوں جب تم اکیلی پڑھ رہی ہوتی تھیں تو گلی میں سے گزرنے والوں کے قدم رک جاتے تھے اور چڑیوں کے غول منڈیروں پر اتر آتے تھے۔ ایک بار مزار سائیں دولھے شاہ جی کے مجاور سائیں حضرت شاہ ادھر سے گزرے تھے اور تمھاری آواز سن کر انھوں نے کہا تھا ''یہ کون لڑکی ہے جس کی آواز میں ہم فرشتوں کے پروں کی پھڑپھڑاہٹ سن رہے ہیں۔۔'' اور جب تمھیں معلوم ہوا تھا کہ سائیں حضرت شاہ نے تمھارے بارے میں یہ کہا ہے تو تم اتنی خوش ہوئی تھیں کہ رونے لگی تھیں۔

تب یوں ہوا کہ عورتیں پانی سے بھرے ہوئے برتن لاتیں اور تمھاری تلاوت ختم ہونے کا انتظار کرتی رہتیں۔ تم قرآن پاک بند کر کے اٹھتیں اور ''طفیل سائیں دولھے

شاہ جی ''کہتی ہوئی ان برتنوں پر 'چھوہ' کرتیں اور عورتیں یہ پانی اپنے عزیزوں کو پلاتیں تو بیمار اچھے ہو جاتے، برے نیک ہو جاتے، بے نمازی نمازی ہو جاتے۔

ان دنوں مجھے یوں لگنے لگا جیسے تم نور کی بنی ہوئی تو خیر ہمیشہ سے ہو پر اب تم بی بی جی کے ہاں سے واپس گھر میں آتیں تو تمھارے چہرے پر میری نظریں نہ جم پاتیں، جیسے سورج پر نظر نہیں جمتی۔

خدا اور رسول صلی اللہ علیہ و سلم کے بعد تم سائیں دولھے شاہ جی کا نام جپتی رہتی تھیں۔ اسی لیے تو تمھارا بابا ایک بار تمھیں سائیں دولھے شاہ جی کے مزار پر سلام بھی کرا لایا تھا۔

قرآن شریف تم نے اتنا پڑھا میرے جگر کی ٹکڑی، کہ اب بھی جب چارا طرف سناٹا اور صرف ادھر ادھر سے سسکی کی آواز آتی ہے، میں تمھارے آس پاس، تمھاری ہی آواز میں قرآن شریف کی تلاوت سن رہی ہوں۔ تمھارے ہونٹ تو نہیں ہل رہے، پر میں اپنے دودھ کی قسم کھا کر کہتی ہوں کہ یہ آواز تمھاری ہے۔ زمین پر ایسی نورانی آواز میری رانوں کے سوا اور کس کی ہو سکتی ہے۔

ایک دن جب تمھارے چاچا دین محمد کی بیوی اپنے بیٹے کے لیے تمھارا رشتہ پوچھنے آئی تو تب مجھے معلوم ہوا کہ تم شادی کی عمر کو پہنچ گئی ہو۔ مائیں تو بیٹی کے سر پر چنی لیتے ہی

سمجھ جاتی ہیں کہ وقت آ رہا ہے پر تمہارے بارے میں تو میں سوچ ہی نہ سکی۔ تم نے سوچنے کی مہلت ہی نہ دی۔ میں نے تمہارے بابا سے اپنی اس بے خبری کی بات کی تو وہ بولا ''تو تو سدا کی بے خبر ہے پر میں ایسا بے خبر نہیں ہوں۔ بس یہ ہے کہ مجھے لڑکی سے ڈر لگتا ہے اس سے بھی تو بات کرو۔ اس نے تو جیسے اپنا سب کچھ مولا کی راہ میں تج دیا ہے۔۔''

تب پہلی بار مجھے بھی تم سے خوف آیا۔ میں نے سوچا اگر میں نے تم سے رشتے کی بات کی تو کہیں تم جلال میں نہ آ جاؤ، مگر پھر اسی شام کو سائیں حضرت شاہ کا ایک خادم آیا اور اس نے بتایا کہ کل سے سائیں دولھے شاہ کا عرس ہے جو تین دن تک چلے گا اور سائیں حضرت شاہ نے خواب میں سائیں دولھے شاہ جی کو دیکھا ہے اور یہ فرماتے سنا ہے کہ میری چیلی رانو کو بلا کر تین دن تک اس سے میرے مزار پر قرآن شریف کی تلاوت کراؤ ورنہ سب کو بھسم کر دوں گا۔ تم جانتی تھیں بیٹی کہ سائیں دولھے شاہ جی بڑے جلال والے سائیں تھے۔ زندگی میں جس نے بھی ان کے خلاف کوئی بات کی اسے بس ایک نظر بھر کر دیکھا اور راکھ کر ڈالا۔ مرنے کے بعد بھی ان کی درگاہ میں یا اس کے آس پاس کوئی برا کام یا بری بات ہو جائے تو ان کا مزار شریف سرہانے کی طرف سے کھل جاتا ہے اور اس میں سے ان کا دستِ مبارک بلند ہوتا ہے۔ برا کام یا

بری بات کرنے والا جہاں بھی ہو کھنچا چلا آتا ہے۔ اپنی گردن سائیں جی کے دستِ مبارک میں دے دیتا ہے اور پھر وہیں ڈھیر ہو جاتا ہے۔ سائیں جی کا دستِ مبارک واپس مزار شریف میں چلا جاتا ہے اور مزار شریف کی دراڑیں یوں جاتی ہیں جیسے کبھی کھلی ہی نہیں تھیں۔

کس کی مجال تھی کہ سائیں دولہے شاہ جی کا حکم ٹالتا۔ دوسرے دن صبح کو ہم تینوں ایک اونٹ پر کجاوے میں بیٹھے تھے اور درگاہ سائیں دولہے شاہ جی کی طرف جا رہے تھے۔ میں کجاوے کے ایک طرف تھی اور تم میری جان، دوسری طرف تھیں اور درمیان میں اونٹ کے پالان پر تمہارا بابا بیٹھا تھا۔ اونٹ جونہی اٹھا تھا اور چلنے لگا تھا تو تم نے قرآن شریف کی تلاوت شروع کر دی تھی اور میری پاک اور نیک بچی، میں نے اپنی آنکھوں سے دیکھ لیا تھا کہ ہمارا اونٹ جہاں سے بھی گزرتا تھا، لوگ دور دور سے کھنچے چلے آتے تھے۔ وہ ہمارے ساتھ ساتھ چل رہے تھے اور رو رہے تھے اور سبحان اللہ کہہ رہے تھے اور کجاوے کے اوپر چڑیوں اور ابابیلوں اور کبوتروں کے جھنڈ کے جھنڈ آتے تھے اور غوطہ لگا کر جیسے میری بچی کی آواز کا شربت پی کر ناچتے تیرتے ہوئے دور نکل جاتے تھے اور میں سوچتی تھی کہ یہ ہم گنہگاروں کی کس نیکی کا بدلہ ہے کہ خدا نے ہمیں ایسی بیٹی بخشی ہے جو زمین پر قرآن شریف کی تلاوت کرتی ہے تو اس کی

آواز آسمان تک جاتی ہے۔ آسمان کا خیال مجھے یوں آیا تھا کہ ایک بار تمہارے بابا نے پالان پر سے جھک کر کے میرے کان میں ہولے سے کہا ''اوپر دیکھو، یہ کیسے نورانی پرندے ہیں جو ہمارے ساتھ ساتھ اڑ رہے ہیں۔ میں نے ان علاقوں میں ایسا پرندہ کبھی نہیں دیکھا کہ ان کے پروں میں ستارے چمکتے ہوں۔ یہ تو آسمانوں سے اتر کر آنے والے فرشتے معلوم ہوتے ہیں'' اور میری آنکھوں کا نور بچی، میں تمہاری جاہل ماں بھی قسم کھا کر کہہ سکتی ہوں کہ وہ فرشتے ہی تھے۔ کچھ ایسے جیسے ننھے منے بچوں کے پر لگ گئے ہوں اور وہ ہوا میں ہمکتے پھرتے ہوں۔ وہ میری پہنچی ہوئی بیٹی سے تلاوت سننے آئے تھے۔

پھر جب درگاہ سائیں دولھے شاہ جی کے پاس ہمارا اونٹ بیٹھا تھا تو جیسے تم بھول گئی تھیں کہ تمہارے ساتھ تمہارے ماں باپ بھی ہیں تم مزار شریف کی طرف یوں کھنچی چلی گئی تھیں جیسے سائیں دولھے شاہ جی تمہاری انگلی پکڑ کر تمھیں اپنے گھر لیے جا رہے ہوں۔ مزار شریف کو بوسہ دے کر اور اس کے ایک طرف بیٹھ کر تم نے قرآن شریف کی تلاوت کر دی تھی اور تمہاری آواز کی مٹھاس چکھنے کے لیے عرس پر آنے والے لوگ مزار شریف پر ٹوٹ پڑے تھے۔ ہم دونوں نے مزار شریف کو اپنی پوروں سے چھوا اور پھر اپنی پوریں چوم لیں۔ پھر ہم سائیں حضرت شاہ کی خدمت میں

ان کے زانوؤں کو چھونے اور دستِ مبارک کو چومنے پہنچے تھے اور انھوں نے فرمایا تھا ''اپنی بیٹی کو سائیں جی کے قدموں میں بٹھا کر تم نے اپنے اگلے پچھلے گناہ معاف کرا لیے ہیں۔ تم انشاء اللہ جنّتی ہو۔۔'' یہ سن کر خوشی سے ہماری سانسیں پھول گئی تھیں۔ پھر میں نے اندر جا کر بیبیوں کو سلام کیا تھا اور تمھیں۔۔۔ میری جان۔۔۔ سائیں دولھے شاہ جی اور سائیں حضرت شاہ اور ان کے گھرانے کی بیبیوں کی امانت میں دے کر ہم دونوں یہ کہہ کر واپس گاؤں آ گئے تھے کہ عرس کے تین دن گزرنے کے بعد اگلے روز ہم اپنی اس نعمت کو لینے حاضر ہو جائیں گے جو خدا نے اور اس کے حبیب پاک نے ہم غریبوں، گنہگاروں کو ہماری کسی سیدھی سادی نیکی سے خوش ہو کر بخشی ہے۔

اے میری بچی، اے میری جگر کی ٹکڑی، اے میری صاف ستھری رانو بیٹی! پھر جب تین دنوں کے بعد ہم دونوں سائیں دولھے شاہ جی کے مزار شریف پر گئے تھے تو تم وہیں بیٹھی تھیں جہاں ہم تمھیں بٹھا گئے تھے، مگر کیا یہ تم ہی تھیں، تمھاری آنکھوں کی پتلیاں پھیل گئی تھیں، تمھارے ہونٹوں پر جمے ہوئے خون کی پپڑیاں تھیں، تمھارے بال الجھ رہے تھے۔ چادر تمھارے سر سے اتر گئی تھی مگر اپنے بابا کو دیکھ کر بھی تمھیں اپنا سر ڈھانپنے کا خیال نہیں آیا تھا۔ تمھارا رنگ مٹی مٹی ہو رہا تھا اور

ہمیں دیکھتے ہی تم چلا پڑی تھیں ''مجھ سے دور رہو بابا، میرے پاس نہ آنا اماں۔ میں اب یہیں رہوں گی۔ میں اس وقت تک یہیں رہوں گی جب تک سائیں دولھا شاہ جی کا مزار شریف نہیں کھلتا اور اس میں سے ان کا دستِ مبارک نہیں نکلتا۔ جب تک فیصلہ نہیں ہوتا میں یہیں رہوں گی۔ جب تک انصاف نہیں ہوگا میں یہیں رہوں گی اور مزار شریف کھلے گا۔ آج نہیں تو کل کھلے گا۔ ایک مہینہ بعد، ایک سال بعد، دو سال بعد سہی، پر مزار شریف ضرور کھلے گا اور دستِ مبارک ضرور نکلے گا۔ تب میں خود ہی اپنے بابا اور اپنی اماں کے قدموں میں چلی آؤں گی اور ساری عمر ان کی جوتیاں سیدھی کروں گی اور ان کے پاؤں دھو دھو کر پیوں گی۔ پر اب میں نہیں آؤں گی، اب میں نہیں آسکتی۔ میں بندھ گئی ہوں۔ میں مرگئی ہوں۔۔'' پھر تمھیں ایک دم بہت سارونا آگیا تھا مگر تم نے ایک دم اپنے آنسو روک لیے تھے اور تم بھیگی ہوئی آواز میں تلاوت کرنے لگی تھیں۔ آس پاس کھڑے ہوئے بیسیوں لوگ ہمارے ساتھ زار زار رونے لگے تھے اور کہنے لگے تھے ''اثر ہو گیا ہے، دن رات مزار شریف پر رہنے سے اس پر اثر ہو گیا ہے۔۔''

تمھارے بابا نے فریاد کی تھی۔ اثر ہو گیا ہے؟ دن رات قرآن شریف کی تلاوت کرنے والی لڑکی پر کوئی اثر کیسے ہو سکتا ہے اور اگر تم کہتے ہو کہ اثر ہو گیا ہے تو سائیں

حضرت شاہ کہاں ہیں؟ وہ روتا ہوا سائیں حضرت شاہ کی طرف چل پڑا تھا اور میں بلکتی ہوئی اس کے پیچھے پیچھے تھی، مگر ہمیں خادموں نے بتایا تھا کہ سائیں جی تو عرس کے فوراً بعد ایک حجرے میں بند ہو کر بیٹھ جاتے ہیں اور کئی دنوں تک وظیفہ فرماتے ہیں اور کسی سے نہیں ملتے پھر میں نے اندر بیبیوں کے پاس جانا چاہا تھا مگر بڑے دروازے پر خادماؤں نے بتایا تھا کہ رانو کی حالت سے بی بیاں پہلے ہی بہت پریشان ہیں اور انھیں زیادہ پریشان کرنا گناہ ہے۔

ہم اجڑے پجڑے ماں باپ، مزار شریف سے ایک طرف ہٹ کر بیٹھ گئے تھے اور رو رہے تھے اور لوگ ہمیں روتا دیکھ کر رو رہے تھے کہ سائیں حضرت شاہ کا خاص خادم آیا تھا اور اس نے بتایا تھا کہ سائیں جی کو بہت رانو کی اس حالت کا بڑا دکھ تھا اور انھوں نے فرمایا تھا کہ یہ لڑکی اچانک جن بھوت کے قبضے میں چلی گئی ہے اور سائیں حضرت شاہ ایک خاص وظیفہ فرما رہے ہیں کہ یہ جن اُترے تو اس امانت کو اس کے ماں باپ تک پہنچایا جائے۔ پھر حکم ہوا تھا کہ تم جاؤ اور رانو کو درگاہ شریف کی نگرانی میں رہنے دو۔

''اب تم جاؤ۔۔'' ہمارے سروں پر تمھاری آواز آئی تھی اور ہم نے سر اٹھا کر دیکھا تھا کہ تمھاری آنکھیں تالابوں کی طرح بھری ہوئی تھیں۔ ''اب تم جاؤ میرے بابا، جاؤ

میری اماں۔ اب تم جاؤ مزار شریف ضرور کھلے گا۔ دستِ مبارک ضرور نکلے گا۔ فیصلہ ضرور ہوگا۔ فیصلہ ہو جائے تو میں سیدھی تمہارے پاس پہنچوں گی۔ سائیں دولھے شاہ جی خود مجھے تمہارے پاس چھوڑ جائیں گے۔ اب تم جاؤ۔۔۔'' یہ کہہ کر تم مزار شریف کی طرف پلٹ گئی تھیں اور تم چلتے ہوئے یوں ڈول رہی تھیں جیسے کٹی ہوئی پتنگ ڈولتی ہے۔

میں تم پر سے صدقے جاؤں میری بیٹی۔ ہم تمہارے ماں باپ اس کے بعد بھی بار بار تمہارے پاس پہنچے مگر اب تو تم ہمیں پہچانتی بھی نہیں تھیں۔ ہم تمھیں پکارتے تھے تو تم ہماری طرف یوں خالی خالی آنکھوں سے دیکھتی تھیں جیسے حیران ہو رہی ہو کہ یہ آواز کدھر سے آئی ہے۔ تمہارا رنگ خاکستری ہو گیا تھا۔ تمہارے ہونٹ اکڑ کر پھٹ گئے تھے۔ تمہارے بالوں میں گرد تھا اور تنکے تھے اور ٹوٹے ہوئے خشک پتے تھے۔ ایک بار جب ہم تمہارے لیے کپڑوں کا نیا جوڑا لے کر گئے اور ہم نے یہ کپڑے تمہارے سامنے رکھ دیے تو تم یہ کپڑے ہاتھ میں لے کر اٹھیں اور ایک طرف چل پڑیں۔ تمہارا ایک بھی قدم سیدھا نہیں اٹھتا تھا۔ پھر تم غائب ہو گئی تھیں اور ہم خوش ہوئے تھے کہ تم کہیں کپڑے بدلنے گئی ہو، مگر پھر ایک دم ایک طرف سے شور اٹھا تھا۔ تم اسی رفتار سے واپس آ رہی تھیں اور تمہارے پیچھے درگاہ شریف کے چند

خادم تھے جنھوں نے بتایا تھا کہ تم نے نئے کپڑوں کا یہ جوڑا اور درگاہ شریف کے لنگر کی دیگ کے نیچے بھڑکتی آگ میں جھونک دیا تھا۔

تلاوت تو تم اب بھی کر رہی تھیں مگر آواز میں چاندی کی کٹوریاں نہیں بجتی تھیں۔ پھر تم پڑھتے پڑھتے مزار شریف کے سرہانے کی طرف جھک جاتی تھیں جیسے کوئی جھری، کوئی دراڑ ڈھونڈنے کی کوشش میں ہو پھر تم ٹوٹ کر رو دیتی تھیں اور تلاوت کو روک کر ہولے ہولے جیسے خود کو سمجھاتی تھیں۔۔۔ مزار شریف ضرور کھلے گا۔ دستِ مبارک ضرور نکلے گا۔ فیصلہ ضرور ہو گا۔ انصاف ضرور ہو گا۔ پھر تم آنکھیں بند کر لیتی تھیں اور تلاوت میں مصروف ہو جاتی تھیں۔

ایک بار ہم سائیں حضرت شاہ کی خدمت میں بھی حاضر ہوئے تھے اور عرض کیا تھا کہ جن بھوت کلامِ پاک پڑھنے والوں کے پاس بھی نہیں پھٹکتے۔ دور سے بیٹھے ہنستے رہتے ہیں اور جھومتے رہتے ہیں اور اگر ہماری ہیرا بیٹی پر ایسے کافر جن آ گئے ہیں جو قرآن شریف کی تلاوت کا بھی لحاظ نہیں کرتے، تو یہ آپ کی درگاہ شریف ہی کے جن ہیں۔ آپ کے حکم سے اتر جائیں گے۔ خدا کے نام پر، رسولؐ پاک کے نام پر، پیر دستگیر کے نام پر، سائیں دولھے شاہ جی کے نام پر ہمارے ساتھ مزار شریف پر چلیے اور یہ جن اتاریے اور سائیں حضرت شاہ نے فرمایا تھا کہ ہم جن تو اتار دیتے مگر تم

نے ٹھیک کہا۔ یہ کوئی بڑا کافر جن ہے اور کافر جن ہمارے قبضے میں نہیں ہیں۔ ہم یہاں دعا کر رہے ہیں، تم گھر جا کر دعا کرو۔ ہمارا وظیفہ جاری رہے گا۔

جب ہم ٹوٹے پھوٹے واپس آ رہے تھے تو بیبیوں کی ایک بوڑھی خادمہ نے مجھے ایک طرف لے جا کر بتایا تھا کہ عرس کے تیسرے دن سائیں حضرت شاہ مزار کی طرف آئے تھے تو تمھاری بدنصیب بیٹی نے مزار شریف پر سے گول گول لہریے پتھر اٹھا کر جھولی میں بھر لیے تھے اور چیخ چیخ کر کہا تھا کہ سائیں! مزار شریف سے دستِ مبارک تو جب نکلے گا، نکلے گا اگر تم ایک قدم بھی آگے بڑھے تو میں سائیں دولھے شاہ جی کے دیے ہوئے ان پتھروں سے تمھارا ناس کر دوں گی۔ خادم تمھاری بیٹی کو پکڑ کر مارنے پیٹنے کے لیے آگے بڑھے تھے تو سائیں جی نے انھیں روک کر کہا تھا کہ نادانو یہ لڑکی نہیں بول رہی ہے اس کے اندر کا کافر جن بول رہا ہے۔ جب تک یہ مزار شریف پر قابض ہے ہمیں اور ہمارے خاندان کے کسی مرد عورت کو ادھر نہیں آنا چاہیے ورنہ کیا خبر یہ جن کیا کر بیٹھے۔

پھر رات درگاہ شریف کا ایک خادم آیا کہ تمھاری بیٹی تمھیں بلا رہی ہے۔ پر راتوں رات گرتے پڑتے وہاں پہنچے تو تم مزار شریف کی پائنتی لیٹی ہوئی تھیں۔ چراغ کی روشنی میں ہم نے دیکھا کہ تمھاری نظر ٹک گئی تھیں اور تمھارے ہونٹ ذرا ذرا سے

ہل رہے تھے۔ ظاہر ہے تم اس وقت بھی تلاوت ہی کر رہی تھیں۔ پھر جب میں نے تمھارا سر اپنی گود میں رکھا اور تمھارے بابا نے تمھارا ہاتھ اپنے ہاتھوں میں لے کر رونا شروع کر دیا تو نہایت ہی کمزور آواز میں تم نے کہا تھا ''میری اماں، میرے ابا کون جانے مزار شریف کیوں نہیں کھلا۔ انصاف تو یہیں ہوا پر چلو فیصلہ تو ہو گیا۔ چلو میں ہی گنہگار سہی۔ سائیں دولھے شاہ جی، آپ نے تو بڑا انتظار کرایا۔ اب قیامت کے دن جب ہم سب خدا کے سامنے پیش ہوں گے۔۔۔ جب ہم خدا کے سامنے پیش ہوں گے۔۔۔ خدا کے سامنے۔۔۔ خدا۔۔۔!'' اس کے بعد تم چپ ہو گئی تھیں اور تب سے چپ ہو۔

پھر ہم تمھیں یہاں گھر میں اٹھا لائے اور جب ابھی سویرے سائیں حضرت شاہ کا خاص خادم سائیں جی کی طرف سے تمھارے لیے کفن لایا تو تم پر سے اترا ہوا جن جیسے تمھارے بابا پر آ گیا۔۔۔ اس نے کفن ہاتھ میں لیا اور اسے اس چولھے میں جھونک دیا جس پر تمھیں غسل دینے کے لیے پانی گرم کیا جا رہا تھا۔

اب میرے جگر کی ٹکڑی، میرے نیک اور پاک، میری صاف اور ستھری رانو بیٹی! آؤ میں تمھارے ماتھے کے بجھے ہوئے چاند کو چوم لوں۔ دیکھو کہ بکائن کے اودے اودے پھول مہک رہے ہیں اور بیریوں پر گلہریاں تنے سے چوٹی تک بھاگی پھر رہی

ہیں اور ایسی ہوا چل رہی ہے جیسے صدیوں کے سوکھے کواڑوں سے بھی کونپلیں پھوٹ نکلیں گی اور چار طرف تمھاری تلاوت کی گونج ہے اور سائیں حضرت شاہ کے بھیجے ہوئے کفن کے جلنے کی بو اب تک سارے میں پھیل رہی ہے اور میرے اندر اتنا بہت سا درد جمع ہو گیا ہے جیسے تمھیں جنم دیتے وقت جمع ہوا تھا۔

* * *

پرمیشر سنگھ

اختر اپنی ماں سے یوں اچانک بچھڑ گیا جیسے بھاگتے ہوئے کسی جیب سے روپیہ گر پڑے۔ ابھی تھا اور ابھی غائب۔ ڈھنڈیا پڑی مگر بس اس حد تک کہ لٹے پٹے قافلے کے آخری سرے پر ایک ہنگامہ صابن کی جھاگ کی طرح اٹھا اور بیٹھ گیا۔ ''کہیں آ ہی رہا ہوگا۔۔''کسی نے کہہ دیا ''ہزاروں کا تو قافلہ ہے'' اور اختر کی ماں اس تسلی کی لاٹھی تھامے پاکستان کی طرف رینگتی چلی آئی تھی۔ ''آ ہی رہا ہو گا'' وہ سوچتی 'کوئی تتلی پکڑنے نکل گیا ہو گا اور پھر ماں کو نہ پا کر رویا ہو گا اور پھر۔ پھر اب کہیں آ ہی رہا ہو گا۔ سمجھ دار ہے پانچ سال سے تو کچھ اوپر ہو چلا ہے۔ آ جائے گا وہاں پاکستان میں ذرا ٹھکانے سے بیٹھوں گی تو ڈھونڈ لوں گی۔۔''

لیکن اختر تو سرحد سے کوئی پندرہ میل دور اُدھر یونہی بس کسی وجہ کے بغیر اتنے بڑے قافلے سے کٹ گیا تھا۔ اپنی ماں کے خیال کے مطابق اس نے تتلی کا تعاقب کیا یا کسی کھیت میں سے گنے توڑنے گیا اور توڑتا رہ گیا۔ بہر حال وہ جب روتا چلاتا ایک طرف

بھاگا جا رہا تھا تو سکھوں نے اسے گھیر لیا تھا اور اختر نے طیش میں آ کر کہا تھا ''میں نعرۂ تکبیر ماروں گا'' اور یہ کہہ کر سہم گیا تھا۔

سب سکھ بے اختیار ہنس پڑے تھے، سوائے ایک سکھ کے، جس کا نام پریشر سنگھ تھا۔ ڈھیلی ڈھالی پگڑی میں سے اس کے الجھے ہوئے کیس جھانک رہے تھے اور جوڑا تو بالکل ننگا تھا۔ وہ بولا ''ہنسو نہیں یارو، اس بچے کو بھی تو اس واہ گورو نے پیدا کیا ہے جس نے تمھیں اور تمھارے بچوں کو پیدا کیا ہے۔۔''

ایک نوجوان سکھ جس نے اب تک اپنی کرپان نکال لی تھی، بولا ''ذرا ٹھہر پریشر! کرپان اپنا دھرم پورا کر لے، پھر ہم اپنی دھرم کی بات کریں گے۔۔''

''مارو نہیں یارو'' پریشر سنگھ کی آواز میں پکار تھی۔ اسے مارو نہیں اور وہ بری طرح ہانپ رہا تھا۔

اختر کے پاس آ کر وہ گھٹنوں کے بل بیٹھ گیا اور بولا۔

''نام کیا ہے تمھارا؟''

''اختر''۔۔۔ اب کی اختر کی آواز بھرائی ہوئی نہیں تھی۔

''اختر بیٹے'' پریشر سنگھ نے بڑے پیار سے کہا۔

''ذرا میری انگلیوں میں جھانکو تو''

اختر ذرا سا جھک گیا۔ پرمیشر سنگھ نے دونوں ہاتھوں میں ذرا سی جھری پیدا کی اور فوراً بند کرلی ''آہا'' اختر نے تالی بجا کر اپنے ہاتھوں کو پرمیشر سنگھ کے ہاتھوں کی طرح بند کرلیا اور آنسوؤں میں مسکرا کر بولا۔ ''تتلی''

''لوگے؟'' پرمیشر سنگھ نے پوچھا۔

''ہاں'' اختر نے اپنے ہاتھوں کو ملا۔

''لو'' پرمیشر سنگھ نے اپنے ہاتھوں کو کھولا۔ اختر نے تتلی کو پکڑنے کی کوشش کی مگر وہ راستہ پاتے ہی اڑ گئی اور اختر کی انگلیوں کی پوروں پر اپنے پروں کے رنگوں کے ذرّے چھوڑ گئی۔ اختر اداس ہو گیا اور پرمیشر سنگھ دوسرے سکھوں کی طرف دیکھ کر بولا ''سب بچے ایک سے کیوں ہوتے ہیں یارو! کرتارے کی تتلی بھی اڑ جاتی تھی یوں ہی منہ لٹکا لیتا تھا۔۔۔۔''

''پرمیشر سنگھ تو آدھا پاگل ہو گیا ہے۔۔'' نوجوان سکھ نے ناگواری سے کہا اور پھر سارا گروہ واپس جانے لگا۔

پرمیشر سنگھ نے اختر کو کنارے پر بٹھا لیا اور جب اسی طرف چلنے لگا جدھر دوسرے سکھ گئے تھے تو اختر پھڑک پھڑک کر رونے لگا ''ہم اماں پاس جائیں گے۔ اماں پاس جائیں گے'' پرمیشر سنگھ نے ہاتھ اٹھا کر اسے تھپکنے کی کوشش کی مگر اختر نے اس کا ہاتھ

جھٹک دیا پھر جب پرمیشر سنگھ نے اس سے یہ کہا کہ ''ہاں ہاں بیٹے'' تمھیں تمھاری اماں پاس لیے چلتا ہوں۔ تو اختر چپ ہو گیا۔ صرف کبھی کبھی سسک لیتا تھا اور پرمیشر سنگھ کی تھپکیوں کو بڑی ناگواری سے برداشت کرتا جا رہا تھا۔

پرمیشر سنگھ اسے اپنے گھر میں لے آیا۔ پہلے یہ کسی مسلمان کا گھر تھا۔ لٹا پٹا پرمیشر سنگھ جب ضلع لاہور سے ضلع امرت سر میں آیا تھا تو گاؤں والوں نے اسے یہ مکان الاٹ کر دیا تھا وہ اپنی بیوی اور بیٹی سمیت جب اس چار دیواری میں داخل ہوا تھا، ٹھٹھک کر رہ گیا تھا۔ اس کی اتنا ذرا سا تو ہے اور اسے بھی تو اسی واہگورو جی نے پیدا کیا ہے جس نے۔۔۔''

''پوچھ لیتے ہیں اسی سے''۔۔۔ ایک اور سکھ بولا پھر اس نے سہمے ہوئے اختر کے پاس جا کر کہا۔۔۔ ''بولو تمھیں کس نے پیدا کیا ہے؟ خدا نے کہ واہگورو جی نے؟''

اختر نے ساری خشکی کو نگلنے کی کوشش کی جو اس کی زبان کی نوک سے لے کر اس کی ناف تک پھیل چکی تھی، آنکھیں جھپک کر اس نے ان آنسوؤں کو گرا دینا چاہا جو ریت کی طرح اس کے پپوٹوں میں کھٹک رہے تھے۔ اس نے پرمیشر سنگھ کی طرف یوں دیکھا جیسے ماں کو دیکھ رہا ہے۔ منہ میں گئے ہوئے ایک آنسو کو تھوک ڈالا اور بولا۔

''پتہ نہیں۔۔''

''لو اور سنو'' کسی نے کہا اور اختر کو گالی دے کر ہنسنے لگا۔

اختر نے ابھی اپنی بات پوری نہیں کی تھی، بولا۔۔۔ ''اماں تو کہتی ہے میں بھوسے کی کوٹھری میں پڑا ملا تھا۔۔''

سب سکھ ہنسنے لگے مگر پریشر سنگھ بچوں کی طرح بلبلا کر کچھ یوں رویا کہ دوسرے سکھ بھونچکا سے رہ گئے اور پریشر سنگھ رونی آواز میں جیسے بین کرنے لگا۔۔۔ ''سب بچے ایک سے ہوتے ہیں یارو۔ میرا کرتارا بھی تو یہی کہتا تھا وہ بھی تو اس کی ماں کو بھوسے کی کوٹھری میں پڑا ملا تھا۔۔''

کرپان میان میں چلی گئی۔ سکھوں نے پریشر سنگھ سے الگ تھوڑی دیر کھُسر پھُسر کی۔ پھر ایک سکھ آگے بڑھا۔ بلکتے ہوئے اختر کو بازو سے پکڑے وہ چپ چاپ روتے ہوئے پریشر سنگھ کے پاس آیا اور بولا۔۔۔ ''لے پریشرے! سنبھال اسے، کیس بڑھوا کر اسے اپنا کرتارا بنالے۔۔۔ لے پکڑ''۔

پریشر نے اختر کو یوں جھپٹ کر اٹھا لیا کہ اس کی پگڑی کھل گئی اور کیسوں کی لٹیں لٹکنے لگیں۔ اس نے اختر کو پاگلوں کی طرح چوما۔ اسے اپنے سینے سے بھینچا اور پھر اس کی آنکھوں میں آنکھیں ڈال کر اور مسکرا مسکرا کر کچھ ایسی باتیں سوچنے لگا جنھوں نے اس کے چہرے کو چمکا دیا پھر اس نے پلٹ کر دوسرے سکھوں کی طرف دیکھا۔

اچانک وہ اختر کو نیچے اتار کر سکھوں کی طرف لپکا، مگر ان کے پاس سے گزر کر دور تک بھاگا چلا گیا۔ جھاڑیوں کے ایک جھنڈ میں بندروں کی طرح کودتا اور چھپتا رہا اور اس کے کیس اس کی لپک جھپٹ کا ساتھ دیتے رہے۔ دوسرے سکھ حیران کھڑے دیکھتے رہے، پھر وہ ایک ہاتھ کو دوسرے ہاتھ میں رکھے بھاگتا ہوا واپس آیا۔ اس کی بھیگی ہوئی داڑھی میں پھنسے ہوئے ہونٹوں پر مسکراہٹ تھی اور سرخ آنکھوں میں چمک تھی۔ آنکھیں پتھرا سی گئی تھیں اور وہ بڑی پراسرار سرگوشی میں بولا تھا۔ ''یہاں کوئی چیز قرآن پڑھ رہی ہے۔۔''

گرنتھی جی اور گاؤں کے دوسرے لوگ ہنس پڑے تھے۔ پریشر سنگھ کی بیوی نے انھیں پہلے سے بتا دیا تھا کہ کرتار سنگھ کے بچھڑتے ہی انھیں کچھ ہو گیا ہے۔ ''جانے کیا ہو گیا ہے اسے'' اس نے کہا تھا۔ واہگورو جی جھوٹ نہ بلوائیں تو وہاں دن میں کوئی دس بار تو یہ کرتار سنگھ کو گدھوں کی طرح پیٹ ڈالتا تھا۔ اور جب سے کرتار سنگھ بچھڑا ہے تو میں تو خیر رو دھو لی پر اس کا رونے سے بھی جی ہلکا نہیں ہوا۔ وہاں مجال ہے جو بیٹی امر کور کو میں ذرا بھی غصے سے دیکھ لیتی، بپھر جاتا تھا، کہتا تھا، بیٹی کو برا مت کہو۔ بیٹی بڑی مسکین ہوتی ہے۔ یہ تو ایک مسافر ہے بے چاری۔ ہمارے گھروندے میں سستانے بیٹھ گئی ہے۔ وقت آئے گا تو چلی جائے گی اور اب امر کور سے ذرا سا بھی

کوئی قصور ہو جائے تو آپے ہی میں نہیں رہتا۔ یہاں تک بک دیتا ہے کہ بیٹیاں بیویاں اغوا ہوتے سنی تھیں یارو۔ یہ نہیں سنا تھا کہ پانچ برس کے بیٹے بھی اٹھ جاتے ہیں۔۔''
وہ ایک مہینے سے اس گھر میں مقیم تھا مگر ہر رات اس کا معمول تھا کہ پہلے سوتے میں بے تحاشا کروٹیں بدلتا پھر بڑبڑانے لگتا اور پھر اٹھ بیٹھتا۔ بڑی ڈری ہوئی سرگوشی میں بیوی سے کہتا۔ ''سنتی ہو؟ یہاں کوئی چیز قرآن پڑھ رہی ہے۔۔''۔۔۔ بیوی اسے محض ''اونہہ'' سے ٹال کر سو جاتی تھی مگر امر کور کو اس سرگوشی کے بعد رات بھر نیند نہ آئی۔ اسے اندھیرے میں بہت سی پرچھائیاں ہر طرف بیٹھی قرآن پڑھتی نظر آئیں اور پھر جب ذرا سی پو پھٹتی تو وہ کانوں میں انگلیاں دے لیتی تھی۔ وہاں ضلع لاہور میں ان کا گھر مسجد کے پڑوس ہی میں تھا اور جب صبح اذان ہوتی تھی تو کیسا مزا آتا تھا۔ ایسا لگتا تھا کہ جیسے پورب سے پھوٹتا ہوا اجالا گانے لگا ہے۔ پھر جب اس کی پڑوسن پریتم کور کو چند نوجوانوں نے خراب کر کے چیتھڑے کی طرح گھورے پر پھینک دیا تھا تو جانے کیا ہوا کہ مؤذن کی اذان میں بھی اسے پریتم کور کی چیخ سنائی دے رہی تھی، اذان کا تصور تک اسے خوف زدہ کر دیتا تھا اور وہ یہ بھی بھول جاتی تھی کہ اب ان کے پڑوس میں مسجد نہیں ہے۔ یوں ہی کانوں میں انگلیاں دیتے ہوئے وہ سو جاتی اور رات بھر جاگتے رہنے کی وجہ سے دن چڑھے تک سوئی رہتی تھی اور پرمیشر سنگھ اس بات پر بگڑ

جاتا۔۔ ''ٹھیک ہے سوئے نہیں تو اور کیا کرے۔ نکمی تو ہوتی ہیں یہ چھوکریاں۔ لڑکا ہوتو اب تک جانے کتنے کام کر چکا ہوتا یارو۔۔''

پریمشر سنگھ آنگن میں داخل ہوا تو آج خلاف معمول اس کے ہونٹوں پر مسکراہٹ تھی۔ اس کے کھلے کیس کنگھے سمیت اس کی پیٹھ اور ایک کندھے پر بکھرے ہوئے تھے اور اس کا ایک ہاتھ اختر کی کمر تھپکے جا رہا تھا۔ اس کی بیوی ایک طرف بیٹھی چھاج میں گندم پھٹک رہی تھی۔ اس کے ہاتھ جہاں تھے وہیں رک گئے اور وہ ٹکر ٹکر پریمشر سنگھ کو دیکھنے لگی۔ پھر وہ چھاج پر سے کودتی ہوئی آئی اور بولی۔

''یہ کون ہے؟''

پریمشر سنگھ بدستور مسکراتے ہوئے بولا۔۔ ''ڈرو نہیں بیوقوف اس کی عادتیں بالکل کرتارے کی سی ہیں یہ بھی اپنی ماں کو بھوسے کی کوٹھری میں پڑا ملا تھا۔ یہ بھی تتلیوں کا عاشق ہے اس کا نام اختر ہے۔۔''

''اختر'' بیوی کے تیور بدل گئے۔

''تم اسے اختر سنگھ کہہ لینا'' پریمشر سنگھ نے وضاحت کی۔۔ ''اور پھر کیسوں کا کیا ہے، دنوں میں بڑھ جاتے ہیں۔ کڑا اور کچھیرا پہنا دو، کنگھا کیسوں کے بڑھتی لگ جائے گا۔۔''

''پر یہ ہے کس کا؟'' بیوی نے مزید وضاحت چاہی۔

'کس کا ہے!'' پرمیشر سنگھ نے اختر کو کندھے پر سے اتار کر اسے زمین پر کھڑا کر دیا اور اس کے سر پر ہاتھ پھیرنے لگا۔ واہگورو جی کا ہے ہمارا اپنا ہے اور پھر یارو یہ عورت اتنا بھی دیکھ نہیں سکتی کہ اختر کے ماتھے پر جو یہ ذرا سا تل ہے یہ کرتارے ہی کا تل ہے۔ کرتارے کے بھی تو ایک تل تھا اور یہیں تھا۔ ذرا بڑا تھا پر ہم اسے یہیں تل پر تو چومتے تھے۔ اور یہ اختر کے کانوں کی لویں گلاب کے پھول کی طرح گلابی ہیں تو یارو۔ یہ عورت یہ تک نہیں سوچتی کہ کرتارے کے کانوں کی لویں بھی تو ایسی ہی تھیں۔ فرق صرف اتنا ہے کہ وہ ذرا موٹی تھیں یہ ذرا پتلی ہیں اور۔۔۔''

اختر اب تک مارے حیرت کے ضبط کیے بیٹھا تھا۔ بلبلا اٹھا۔۔ ''ہم نہیں رہیں گے، ہم اماں پاس جائیں گے، اماں پاس۔۔''

پرمیشر سنگھ نے اختر کا ہاتھ پکڑ کر اسے بیوی کی طرف بڑھایا۔۔ ''اری لو۔ یہ اماں کے پاس جانا چاہتا ہے۔۔''

''تو جائے۔۔'' بیوی کی آنکھوں میں اور چہرے پر وہی آسیب آ گیا تھا جسے پرمیشر سنگھ اپنی آنکھوں اور چہرے میں سے نوچ کر باہر کھیتوں میں جھٹک آیا تھا۔۔ ''ڈاکہ مارنے گیا تھا سورما۔ اور اٹھا لایا یہ ہاتھ بھر کا لونڈا۔ ارے کوئی لڑکی ہی اٹھا لاتا۔ تو ہزار

میں نہ سہی، ایک دو سو میں بک جاتی۔ اس اجڑے گھر کا کھاٹ کھٹولہ بن جاتا اور پھر۔۔۔ پگلے تجھے تو کچھ ہو گیا ہے، دیکھتے نہیں یہ لڑکا مُسلّا ہے؟ جہاں سے اٹھا لائے ہو وہیں واپس ڈال آؤ۔ خبر دار جو اس نے میرے چوکے میں پاؤں رکھا۔۔''

پرمیشر سنگھ نے التجا کی۔۔۔ 'کرتارے اور اختر کو ایک ہی واہگورو جی نے پیدا کیا ہے، سمجھیں۔۔''

''نہیں'' اب کے بیوی چیخ اٹھی۔۔۔ ''میں نہیں سمجھی اور نہ کچھ سمجھنا چاہتی ہوں، میں رات ہی رات میں جھٹکا کر ڈالوں گی اس کا، کاٹ کے پھینک دوں گی۔ اٹھا لایا ہے وہاں سے، لے جا اسے پھینک دے باہر۔۔''

''تمھیں نہ پھینک دوں باہر؟'' ۔۔۔ اب کے پرمیشر سنگھ بگڑ گیا۔

''تمھارا نہ کر ڈالوں جھٹکا؟'' وہ بیوی کی طرف بڑھا اور بیوی اپنے سینے کو دو ہتڑوں سے پیٹتی، چیختی، چلاتی بھاگی۔ پڑوس سے امر کور دوڑی آئی۔ اس کے پیچھے گلی کی دوسری عورتیں بھی آ گئیں۔ مرد بھی جمع ہو گئے اور پرمیشر سنگھ کی بیوی پٹنے سے بچ گئی۔ پھر سب نے اسے سمجھایا کہ نیک کام ہے، ایک مسلمان کا سکھ بنانا کوئی معمولی کام تو نہیں۔ پرانا زمانہ ہوتا تو اب تک پرمیشر سنگھ گرو مشہور ہو چکا ہوتا۔ بیوی کی ڈھارس بندھی مگر امر کور ایک کونے میں بیٹھی گھٹنوں میں سر دیے روتی رہی۔

اچانک پریمشر سنگھ کی گرج نے سارے ہجوم کو ہلا دیا۔۔۔ ''اختر کدھر گیا ہے۔۔ وہ چڑھ گیا یارو۔۔۔؟''

''اختر۔۔۔ اختر۔۔۔!'' وہ چیختا ہوا مکان کے کونوں کھدّوں میں جھانکتا ہوا باہر بھاگ گیا۔ بچے مارے دلچسپی کے اس کے تعاقب میں تھے۔ عورتیں چھتوں پر چڑھ گئی تھیں اور پریمشر سنگھ گلیوں میں سے باہر کھیتوں میں نکل گیا تھا۔۔۔ ''ارے میں تو اسے اماں پاس لے چلتا یارو۔ ارے وہ گیا کہاں؟ اختر۔۔۔!اے اختر۔۔۔!''

''میں تمھارے پاس نہیں آؤں گا۔۔'' پگڈنڈی کے ایک موڑ پر گیان سنگھ کے گنے کے کھیت کی آڑ میں روتے ہوئے اختر نے پریمشر سنگھ کو ڈانٹ دیا۔ ''تم تو سکھ ہو۔۔''

''ہاں بھیا میں تو سکھ ہوں۔۔'' پریمشر سنگھ نے جیسے مجبور ہو کر اعتراف جرم کر لیا۔

''تو پھر ہم نہیں آئیں گے۔۔'' اختر نے پرانے آنسوؤں کو پونچھ کر نئے آنسوؤں کے لیے راستہ صاف کیا۔

''نہیں آؤ گے؟'' پریمشر سنگھ کا لہجہ اچانک بدل گیا۔

''نہیں۔۔''

''نہیں آؤ گے؟''

''نہیں۔ نہیں نہیں۔۔''

''کیسے نہیں آؤ گے؟'' پرمیشر سنگھ نے اختر کو کان سے پکڑا اور پھر نچلے ہونٹ کو دانتوں میں دبا کر اس کے منہ میں چٹاخ سے ایک تھپڑ مار دیا۔ ''چلو'' وہ کڑکا۔

اختر یوں سہم گیا جیسے ایک دم اس کا سارا خون نچڑ کر رہ گیا ہے۔ پھر ایکا ایکی وہ زمین پر گر کر پاؤں پٹخنے، خاک اڑانے اور بلک بلک کر رونے لگا۔ ''نہیں چلتا، بس نہیں چلتا تم سکھ ہو، میں سکھوں کے پاس نہیں جاؤں گا۔ میں اپنی اماں پاس جاؤں گا، میں تمھیں مار دوں گا۔۔''

اور اب جیسے پرمیشر سنگھ کے سہنے کی باری تھی۔ اس کا بھی سارا خون جیسے نچڑ کر رہ گیا تھا۔ اس نے اپنے ہاتھ کو دانتوں میں جکڑ لیا۔ اس کے نتھنے پھڑکنے لگے اور پھر اس زور سے رویا کہ کھیت کی پرلی پینڈ پر آتے ہوئے چند پڑوسی اور ان کے بچے بھی سہم کر رہ گئے اور ٹھٹک گئے۔ پرمیشر سنگھ گھٹنوں کے بل اختر کے سامنے بیٹھ گیا۔ بچوں کی طرح یوں سسک سسک کر رونے لگا کہ اس کا نچلا ہونٹ بھی بچوں کی طرح لٹک آیا اور پھر بچوں کی سی روتی آواز میں بولا۔

''مجھے معاف کر دے اختر، مجھے تمھارے خدا کی قسم میں تمھارا دوست ہوں، تم اکیلے یہاں سے جاؤ گے تو تمھیں کوئی مار دے گا۔ پھر تمھاری ماں پاکستان سے آ کر مجھے

مارے گی۔ میں خود جا کر تمھیں پاکستان چھوڑ آؤں گا۔ سنا؟ پھر وہاں اگر تمھیں ایک لڑکا مل جائے نا۔ کرتارا نام کا تو تم اسے ادھر گاؤں میں چھوڑ جانا۔ اچھا؟''

''اچھا!'' اختر نے الٹے ہاتھوں سے آنسو پونچھتے ہوئے پریشر سنگھ سے سودا کرلیا۔

پریشر سنگھ نے اختر کو کندھے پر بٹھالیا اور چلا مگر ایک ہی قدم اٹھا کر رک گیا۔ سامنے بہت سے بچے اور پڑوسی کھڑے اس کی تمام حرکات دیکھ رہے تھے۔ ادھیڑ عمر کا ایک پڑوسی بولا۔۔ ''روتے کیوں ہو پریشرے، کل ایک مہینے کی تو بات ہے، ایک مہینے میں اس کے کیس بڑھ آئیں گے تو بالکل کرتارا لگے گا۔۔''

کچھ کہے بغیر وہ تیز تیز قدم اٹھانے لگا۔ پھر ایک جگہ رک کر اس نے پلٹ کر اپنے پیچھے آنے والے پڑوسیوں کی طرف دیکھا۔۔ ''تم کتنے ظالم لوگ ہو یارو۔ اختر کو کرتارا بناتے ہو اور ادھر اگر کوئی کرتارے کو اختر بنالے تو؟ اسے ظالم ہی کہو گے نا۔۔'' پھر اس کی آواز میں گرج آ گئی۔۔ ''یہ لڑکا مسلمان ہی رہے گا۔ دربار صاحب کی سوں۔ میں کل ہی امرت سر جا کر اس کے انگریزی بال بنوالاؤں گا۔ تم نے مجھے سمجھ کیا رکھا ہے، خالصہ ہوں، سینے میں شیر کا دل ہے، مرغی کا نہیں۔۔''

پریشر سنگھ اپنے گھر میں داخل ہو کر ابھی اپنی بیوی اور بیٹی ہی کو اختر کی مدارات کے سلسلے میں احکام ہی دے رہا تھا کہ گاؤں کا گرنتھی سردار سنتو سنگھ اندر آیا اور بولا۔

''پریشر سنگھ۔۔''

''جی'' پریشر سنگھ نے پلٹ کر دیکھا۔ گرنتھی جی کے پیچھے اس کے سب پڑوسی بھی تھے۔

''دیکھو'' گرنتھی جی نے بڑے دبدبے سے کہا۔۔۔ ''کل سے یہ لڑکا خالصے کی سی پگڑی باندھے گا، کڑا پہنے گا، دھرم شالہ آئے گا اور اسے پرشاد کھلایا جائے گا۔ اس کے کیسوں کو قینچی نہیں چھوئے گی۔ چھوگئی تو کل ہی سے یہ گھر خالی کردو سمجھے؟''

''جی'' پریشر سنگھ نے آہستہ سے کہا۔

''ہاں۔۔'' گرنتھی جی نے آخری ضرب لگائی۔

''ایسا ہی ہوگا گرنتھی جی۔۔'' پریشر سنگھ کی بیوی بولی۔۔۔ ''پہلے ہی اسے راتوں کو گھر کے کونے کونے سے کوئی چیز قرآن پڑھتی سنائی دیتی ہے۔ لگتا ہے پہلے جنم میں مُسلّا رہ چکا ہے۔ امر کور بیٹی نے تو جب سے یہ سنا ہے کہ ہمارے گھر میں مُسلّا چھوکرا آیا ہے تو بیٹھی رو رہی ہے، کہتی ہے گھر پر کوئی اور آفت آئے گی۔ پریشر ے نے آپ کا کہا نہ مانا تو میں بھی دھرم شالہ میں چلی آؤں گی اور امر کور بھی۔ پھر یہ اس چھوکرے کو چاٹے مُوا نکما، واہگورو جی کا بھی لحاظ نہیں کرتا۔۔''

''واہگورو جی کا لحاظ کون نہیں کرتا گدھی'' پرمیشر سنگھ نے گرنتھی جی کی بات کا غصہ بیوی پر نکالا۔ پھر وہ زیر لب گالیاں دیتا رہا۔ کچھ دیر کے بعد وہ اٹھ کر گرنتھی جی کے پاس آگیا۔ ''اچھا جی اچھا۔۔'' اس نے کہا۔ گرنتھی جی پڑوسیوں کے ساتھ فوراً رخصت ہو گئے۔

چند ہی دنوں میں اختر کو دوسرے سکھ لڑکوں سے پہچاننا دشوار ہو گیا۔ وہی کانوں کی لوؤں تک کس کر بندھی ہوئی پگڑی، وہی ہاتھ کا کڑا اور وہی کچھیرا۔ صرف جب وہ گھر میں آکر پگڑی اتارتا تھا تو اس کے غیر سکھ ہونے کا راز کھلتا تھا۔ لیکن اس کے بال دھڑا دھڑ بڑھ رہے تھے۔ پرمیشر سنگھ کی بیوی ان بالوں کو چھو کر بہت خوش ہوتی۔۔۔ ''ذرا ادھر تو آ امر کورے، یہ دیکھ کیس بن رہے ہیں۔ پھر ایک دن جوڑا بنے گا۔ کنگھا لگے گا اور اس کا نام رکھا جائے گا کرتار سنگھ۔۔''

''نہیں ماں۔۔'' امر کور وہیں سے جواب دیتی۔۔۔ ''جیسے واہگورو جی ایک ہیں، اور گرنتھ صاحب ایک ہیں اور چاند ایک ہے۔ اسی طرح کرتارا بھی ایک ہے۔ میرا ننھا منا بھائی!'' وہ پھوٹ پھوٹ کر رو دیتی اور مچل کر کہتی۔۔۔ ''میں اس کھلونے سے نہیں بہلوں گی ماں، میں جانتی ہوں ماں یہ مسلاّ ہے اور جو کرتارا ہوتا ہے وہ مسلاّ نہیں ہوتا۔۔''

''میں کب کہتی ہوں یہ سچ مچ کا کرتارا ہے۔ میرا چاند سا لاڈلا بچہ!''۔۔۔ پرمیشر سنگھ کی بیوی بھی رو دیتی۔ دونوں اختر کو اکیلا چھوڑ کر کسی گوشے میں بیٹھ جاتیں۔ خوب خوب روتیں، ایک دوسرے کو تسلیاں دیتیں اور پھر زارزار رونے لگتیں وہ اپنے کرتارے کے لیے روتیں، اختر چند روز اپنی ماں کے لیے رویا، اب کسی اور بات پر روتا، جب پرمیشر سنگھ شرنارتھیوں کی امدادی پنچایت سے کچھ غلّہ یا کپڑا لے کر آتا تو اختر بھاگ کر جاتا اور اس کی ٹانگوں سے لپٹ جاتا اور رو رو کر کہتا۔۔۔ ''میرے سر پر پگڑی باندھ دو پرموں۔۔۔ میرے کیس بڑھا دو۔ مجھے کنگھا خرید دو۔۔''

پرمیشر سنگھ اسے سینے سے لگا لیتا اور بھرائی ہوئی آواز میں کہتا۔۔۔ ''یہ سب ہو جائے گا بچے۔ سب کچھ ہو جائے گا پر ایک بات کبھی نہ ہوگی۔ وہ بات کبھی نہ ہوگی۔ وہ نہیں ہوگا مجھ سے سمجھے؟ یہ کیس ویس سب بڑھ آئیں گے۔۔''

اختر اپنی ماں کو بہت کم یاد کرتا تھا۔ جب تک پرمیشر سنگھ گھر میں رہتا وہ اس سے چمٹا رہتا اور جب وہ کہیں باہر جاتا تو اختر اس کی بیوی اور امر کور کی طرف یوں دیکھتا رہتا جیسے ان سے ایک ایک پیار کی بھیک مانگ رہا ہے۔ پرمیشر سنگھ کی بیوی اسے نہلاتی، اس کے کپڑے دھوتی، اور پھر اس کے بالوں میں کنگھی کرتے ہوئے رونے لگتی اور روتی رہ جاتی۔ البتہ امر کور نے جب بھی دیکھا، ناک اچھال دی۔ شروع شروع میں تو

اس نے اختر کو دھمو کا بھی جڑ دیا تھا مگر جب اختر نے پریشر سنگھ سے اس کی شکایت کی تو پریشر سنگھ بپھر گیا اور امر کور کو بڑی ننگی ننگی گالیاں دیتا اس کی طرف بڑھا کہ اگر اس کی بیوی راستے میں اس کے پاؤں نہ پڑ جاتی تو وہ بیٹی کو اٹھا کر دیوار پر سے گلی میں پٹخ دیتا۔۔۔ ''الو کی پٹھی۔۔'' اس روز اس نے کڑک کر کہا تھا۔

''سنا تو یہی تھا کہ لڑکیاں اٹھ رہی ہیں پر یہاں یہ مشٹنڈی ہمارے ساتھ لگی چلی آئی اور اٹھ گیا تو پانچ سال کا لڑکا جسے ابھی اچھی طرح ناک پونچھنا نہیں آتا۔ عجیب اندھیر ہے یارو۔۔'' اس واقعے کے بعد امر کور نے اختر پر ہاتھ تو خیر کبھی نہ اٹھایا مگر اس کی نفرت دوچند ہو گئی۔

ایک روز اختر کو تیز بخار آ گیا۔ پریشر سنگھ وید کے پاس چلا گیا اور اس کے جانے کے کچھ دیر بعد اس کی بیوی پڑوسن سے پسی ہوئی سونف مانگنے چلی گئی۔ اختر کو پیاس لگی۔

''پانی'' اس نے کہا، کچھ دیر بعد لال لال سوجی سوجی آنکھیں کھولیں۔ ادھر ادھر دیکھا اور پانی کا لفظ ایک کراہ بن کر اس کے حلق سے نکلا۔ کچھ دیر کے بعد وہ لحاف کو ایک طرف جھٹک کر اٹھ بیٹھا۔ امر کور سامنے دہلیز پر بیٹھی کھجور کے پتوں سے چنگیر بنا رہی تھی۔۔۔ ''پانی دے!'' اختر نے اسے ڈانٹا۔ امر کور نے بھنویں سکیڑ کر اسے گھور کر دیکھا اور اپنے کام میں جٹ گئی۔ اب کے اختر چلایا۔۔۔ ''پانی دیتی ہے کہ نہیں۔۔۔

پانی دے ورنہ ماروں گا''۔۔۔ امر کور نے اب کے اس کی طرف دیکھا ہی نہیں۔ بولی۔۔۔ ''مار تو سہی۔ تو کرتارا نہیں کہ میں تیری مار سہہ لوں گی۔ میں تو تیری بوٹی بوٹی کرڈالوں گی۔۔'' اختر بلک بلک کر رو دیا۔ اور آج اس نے مدّت کے بعد اپنی اماں کو یاد کیا۔ پھر جب پرمیشر سنگھ دوا لے آیا اور اس کی بیوی بھی پسی ہوئی سونف لے کر آگئی تو اختر نے روتے روتے بری حالت بنا لی تھی اور وہ سسک سسک کر کہہ رہا تھا۔ ''ہم تو اب اماں پاس چلیں گے۔ یہ امر کور سور کی بچی تو پانی بھی نہیں پلاتی۔ ہم تو اماں پاس جائیں گے۔۔'' پرمیشر سنگھ نے امر کور کی طرف غصے سے دیکھا۔ وہ رو رہی تھی اور اپنی ماں سے کہہ رہی تھی۔۔۔ 'کیوں پانی پلاؤں؟ کرتارا بھی تو کہیں اسی طرح پانی مانگ رہا ہو گا کسی سے۔ کسی کو اس پر ترس نہ آئے تو ہمیں کیوں ترس آئے اس پر۔۔۔ہاں''۔

پرمیشر سنگھ اختر کی طرف بڑھا اور اپنی بیوی کی طرف اشارہ کرتے ہوئے بولا۔

''یہ بھی تو تمھاری ماں ہے بیٹے۔۔''

''نہیں'' اختر بڑے غصے سے بولا۔ ''یہ تو سکھ ہے۔ میری اماں تو پانچ وقت نماز پڑھتی ہے اور بسم اللہ کہہ کر پانی پلاتی ہے۔۔''

پرمیشر سنگھ کی بیوی جلدی سے ایک پیالہ بھر کر لائی تو اختر نے پیالے کو دیوار پر دے مارا اور چلایا۔ ''تمھارے ہاتھ سے نہیں پیئں گے۔۔''

''یہ بھی تو مجھی سور کی بچی کا باپ ہے۔۔'' امر کور نے جل کر کہا۔

''تو ہوا کرے'' اختر بولا۔۔۔ ''تمھیں اس سے کیا۔۔''

پرمیشر سنگھ کے چہرے پر عجیب کیفیتیں دھوپ چھاؤں سی پیدا کر گئیں۔ وہ اختر کے مطالبے پر مسکرایا بھی اور رو بھی دیا۔ پھر اس نے اختر کو پانی پلایا۔ اس کے ماتھے کو چوما۔ اس کی پیٹھ پر ہاتھ پھیرا، اسے بستر پر لٹا کر اس کے سر کو ہولے ہولے کھجاتا رہا اور کہیں شام کو جا کر اس نے پہلو بدلا۔ اس وقت اختر کا بخار اتر چکا تھا اور وہ بڑے مزے سے سو رہا تھا۔

آج بہت عرصے کے بعد رات کو پرمیشر سنگھ بھڑک اٹھا اور نہایت آہستہ سے بولا۔

''اری سنتی ہو؟۔۔۔ سن رہی ہو؟ یہاں کوئی چیز قرآن پڑھ رہی ہے۔۔''

بیوی نے پہلے تو اسے پرمیشر سنگھ کی پرانی عادت کہہ کر ٹالنا چاہا مگر پھر ایک دم ہڑبڑا کر اٹھی اور امر کور کی کھاٹ کی طرف ہاتھ بڑھا کر اسے ہولے ہولے ہلا کر آہستہ سے بولی۔۔۔ ''بیٹی!''

''کیا ہے ماں؟'' امر کور چونک اٹھی۔

اور اس نے سرگوشی کی۔ ''سنو تو۔ سچ مچ کوئی چیز قرآن پڑھ رہی ہے۔۔''

یہ ایک ثانیے کا سناٹا بڑا خوف ناک تھا۔ امر کور کی چیخ اس سے بھی زیادہ خوف ناک تھی اور پھر اختر کی چیخ خوف ناک تر تھی۔

''کیا ہوا بیٹا'' پرمیشر سنگھ تڑپ کر اٹھا اور اختر کی کھاٹ پر جا کر اسے چھاتی سے بھینچ لیا۔ ''ڈر گئے بیٹا۔۔''

''ہاں'' اختر لحاف میں سے سر نکال کر بولا۔ ''کوئی چیز چیخی تھی۔۔''

''امر کور چیخی تھی'' پرمیشر سنگھ نے کہا۔۔۔ ''ہم سب یوں سمجھے جیسے کوئی چیز یہاں قرآن پڑھ رہی ہے۔۔''

''میں پڑھ رہا تھا'' اختر بولا۔

اب کے بھی امر کور کے منہ سے ہلکی چیخ نکل گئی۔

بیوی نے جلدی سے چراغ جلا دیا اور امر کور کی کھاٹ پر بیٹھ کر وہ دونوں اختر کو یوں دیکھنے لگیں جیسے وہ ابھی دھواں بن کر دروازے کی جھریوں میں سے باہر اڑ جائے گا اور باہر سے ایک ڈراؤنی آواز آئے گی۔ ''میں جن ہوں میں کل رات پھر آ کر قرآن پڑھوں گا۔۔''

''کیا پڑھ رہے تھے بھلا؟'' پرمیشر سنگھ نے پوچھا۔

''پڑھوں؟'' اختر نے پوچھا۔

''ہاں ہاں'' پرمیشر سنگھ نے بڑے شوق سے کہا۔

اور اختر قُل ھو اللہ اَحد پڑھنے لگا۔ کُفواً اَحد پر پہنچ کر اس نے اپنے گریبان میں چھوکی اور پھر پرمیشر سنگھ کی طرف مسکراتے ہوئے بولا۔۔۔ ''تمھارے سینے میں بھی چھو کر دوں؟''

''ہاں ہاں'' پرمیشر سنگھ نے گریبان کا بٹن کھول دیا اور اختر نے چھو کر دی۔ اب کے امر کور نے بڑی مشکل سے چیخ پر قابو پایا۔

پرمیشر سنگھ بولا۔۔۔ ''کیا نیند نہیں آتی تھی؟''

''ہاں'' اختر بولا۔۔۔ ''اماں یاد آگئی۔ اماں کہتی ہے، نیند نہ آئے تو تین بار قُل ھو اللہ پڑھو نیند آجائے گی، اب آرہی تھی، پر امر کور نے ڈرا دیا۔۔''

''پھر سے پڑھ کر سو جاؤ'' پرمیشر سنگھ نے کہا۔۔۔ ''روز پڑھا کرو۔ اونچے اونچے پڑھا کرو اسے بھولنا نہیں ورنہ تمھاری اماں تمھیں مارے گی۔ لو اب سو جاؤ۔۔'' اس نے اختر کو لٹا کر اسے لحاف اوڑھا دیا۔ پھر چراغ بجھانے کے لیے بڑھا تو امر کور پکاری۔۔۔

''نہیں، نہیں بابا۔ بجھاؤ نہیں۔ ڈر لگتا ہے۔۔''

''جلتا رہے، کیا ہے؟'' بیوی بولی۔

اور پرمیشر سنگھ دیا بجھا کر ہنس دیا۔۔۔ ''پگلیاں'' وہ بولا۔۔۔ ''گدھیاں۔۔''

رات کے اندھیرے میں اختر آہستہ آہستہ قل ھو اللہ پڑھتا رہا۔ پھر کچھ دیر بعد ذرا ذرا سے خراٹے لینے لگا۔ پرمیشر سنگھ بھی سو گیا اور اس کی بیوی بھی۔ مگر امر کور رات بھر کچی نیند میں 'پڑوس کی مسجد کی اذان سنتی رہی اور ڈرتی رہی۔

اب اختر کے اچھے خاصے کیس بڑھ آئے تھے۔ ننھے سے جوڑے میں کنگھا بھی اٹک جاتا تھا۔ گاؤں والوں کی طرح پرمیشر سنگھ کی بیوی بھی اسے کرتارا کہنے لگی تھی اور اس سے خاصی شفقت سے پیش آتی تھی مگر امر کور اختر کو یوں دیکھتی تھی جیسے وہ کوئی بھروپیا ہے اور ابھی وہ پگڑی اور کیس اتار کر پھینک دے گا اور قُل ہو اللہ پڑھتا ہوا غائب ہو جائے گا۔

ایک دن پرمیشر سنگھ بڑی تیزی سے گھر آیا اور ہانپتے ہوئے اپنی بیوی سے پوچھا۔

''وہ کہاں ہے؟''

'کون؟ امر کور؟''

''نہیں۔۔''

'کرتارا؟''

''نہیں۔۔۔''پھر کچھ سوچ کر بولا۔۔۔''ہاں ہاں وہی کرتارا۔۔''

''باہر کھیلنے گیا ہے۔ گلی میں ہوگا۔۔''

پرمیشر سنگھ واپس لپکا۔ گلی میں جاکر بھاگنے لگا۔ باہر کھیتوں میں جاکر اس کی رفتار اور تیز ہوگئی۔ پھر اسے دور گیان سنگھ کے گنوں کی فصل کے پاس چند بچے کبڈی کھیلتے نظر آئے۔ کھیت کی اوٹ سے اس نے دیکھا کہ اختر نے ایک لڑکے کو گھٹنوں تلے دبا رکھا ہے۔ لڑکے کے ہونٹوں سے خون پھٹ رہا ہے مگر کبڈی کبڈی کی رٹ جاری ہے۔ پھر اس لڑکے نے جیسے ہار مان لی۔ اور جب اختر کی گرفت سے چھوٹا تو بولا۔۔۔

''کیوں بے کرتارو! تو نے میرے منہ پر گھٹنا کیوں مارا ہے؟''

''اچھا کیا جو مارا'' اختر اکڑ کر بولا اور بکھرے ہوئے جوڑے کی لٹیں سنبھال کر ان میں کنگھا پھنسانے لگا۔

''تمھارے رسول نے تمھیں یہی سمجھایا ہے؟'' لڑکے نے طنز سے پوچھا۔

اختر ایک لمحے کے لیے چکرا گیا۔ پھر سوچ کر بولا۔۔ ''اور کیا تمھارے گُرو نے تمھیں یہی سمجھایا ہے؟''

''مُسلّا'' لڑکے نے اسے گالی دی۔

''سکھڑا'' اختر نے اسے گالی دی۔

سب لڑکے اختر پر ٹوٹ پڑے مگر پریشر سنگھ کی ایک ہی کڑک سے میدان صاف تھا۔ اس نے اختر کی پگڑی باندھی اور اسے ایک طرف لے جا کر بولا۔۔۔ ''سنو بیٹے! میرے پاس رہو گے کہ اماں کے پاس جاؤ گے۔۔؟''

اختر کوئی فیصلہ نہ کر سکا۔ کچھ دیر تک پریشر سنگھ کی آنکھوں میں آنکھیں ڈالے کھڑا رہا پھر مسکرانے لگا اور بولا۔۔۔ ''اماں پاس جاؤں گا۔۔''

''اور میرے پاس نہیں رہو گے؟''

پریشر سنگھ کا رنگ یوں سُرخ ہو گیا جیسے وہ رو دے گا۔

''تمھارے پاس بھی رہوں گا؟'' اختر نے معمے کا حل پیش کر دیا۔ پریشر سنگھ نے اسے اٹھا کر سینے سے لگا لیا اور وہ آنسو جو مایوسی نے آنکھوں میں جمع کیے تھے، خوشی کے آنسو بن کر ٹپک پڑے۔ وہ بولا۔۔۔ ''دیکھو بیٹے!۔۔۔ اختر بیٹے آج یہاں فوج آ رہی ہے یہ فوجی تمھیں مجھ سے چھیننے آ رہے ہیں، سمجھے؟ تم کہیں چھپ جاؤ۔ پھر جب وہ چلے جائیں گے نا، تو میں تمھیں لے آؤں گا۔۔''

پریشر سنگھ کو اس وقت دور غبار کا ایک پھیلتا ہوا بگولہ دکھائی دیا۔ بینڈ پر چڑھ کر اس نے لمبے ہوتے ہوئے بگولے کو غور سے دیکھا اور اچانک تڑپ کر بولا۔۔۔ ''فوجیوں کی لاری آ گئی۔۔۔'' وہ بینڈ پر سے کود پڑا اور گنے کے کھیت کا پورا چکر کاٹ گیا۔

”گیانے، او گیان سنگھ!“ وہ چلایا۔ گیان سنگھ فصل کے اندر سے نکل آیا۔ اس کے ایک ہاتھ میں درانتی اور دوسرے ہاتھ میں تھوڑی سی گھاس تھی۔۔۔ پریشر سنگھ اسے الگ لے گیا، اسے کوئی بات سمجھائی پھر دونوں اختر کے پاس آئے۔ گیان سنگھ نے فصل میں سے ایک گنا توڑ کر درانتی سے اس کے پتے کاٹے اور اسے اختر کے حوالے کر کے بولا۔۔۔ ”آؤ بھائی کرتارے تم میرے پاس بیٹھ کر گنا چوسو جب تک یہ فوجی چلے جائیں۔ اچھا خاصا بنا بنایا خالصہ ہتھیانے آئے ہیں۔ ہونہہ!“۔۔۔ پریشر سنگھ نے اختر سے جانے کی اجازت مانگی۔۔۔ ”جاؤں۔۔۔؟“

اور اختر نے دانتوں میں گنے کا لمبا سا چھلکا جکڑے ہوئے مسکرانے کی کوشش کی۔

اجازت پا کر پریشر سنگھ گاؤں کی طرف بھاگ گیا۔ بگولا گاؤں کی طرف بڑھا آ رہا تھا۔

گھر جا کر اس نے بیوی اور بیٹی کو سمجھایا۔ پھر بھاگم بھاگ گرنتھی جی کے پاس گیا۔ ان سے بات کر کے ادھر ادھر دوسرے لوگوں کو سمجھاتا پھیرا۔ اور جب فوجیوں کی لاری دھرم شالہ سے ادھر کھیت میں رک گئی تو سب فوجی اور پولیس والے گرنتھی جی کے پاس آئے۔ ان کے ساتھ علاقے کا نمبردار بھی تھا۔ مسلمان لڑکیوں کے بارے میں پوچھ گچھ ہوتی رہی۔ گرنتھی جی نے گرنتھ صاحب کی قسم کھا کر کہہ دیا کہ اس گاؤں میں کوئی مسلمان لڑکی نہیں ”لڑکے کی بات دوسری ہے۔۔“کسی نے پریشر سنگھ کے

کان میں سرگوشی کی اور آس پاس کے سکھ پرمیشر سنگھ سمیت زیرلب مسکرانے لگے۔

پھر ایک فوجی افسر نے گاؤں والوں کے سامنے ایک تقریر کی۔ اس نے ماملتا پر بڑا زور دیا جوان ماؤں کے دلوں میں ان دنوں ٹیس بن کر رہ گئی تھی جن کی بیٹیاں چھن گئی تھیں اور ان بھائیوں اور شوہروں کی پیار کی بڑی دردناک تصویر کھینچی جن کی بہنیں اور بیویاں ان سے ہتھیا لی گئی تھیں۔۔۔ ''اور مذہب کیا ہے دوستو۔'' اس نے کہا تھا۔۔۔ ''دنیا کا ہر مذہب انسان کو انسان بننا سکھاتا ہے اور تم مذہب کے نام لے کر انسان کو انسان سے لڑا دیتے ہو۔ ان کی آبرو پر ناچتے ہو اور کہتے ہو ہم سکھ ہیں، ہم مسلمان ہیں۔۔۔ ہم واہگورو جی کے چیلے ہیں، ہم رسول کے غلام ہیں۔۔''

تقریر کے بعد مجمع چھٹنے لگا۔ فوجیوں کے افسر نے گرنتھی جی کا شکریہ ادا کیا۔ ان سے ہاتھ ملایا اور لاری چلی گئی۔

سب سے پہلے گرنتھی جی نے پرمیشر سنگھ کو مبارک باد دی۔ پھر دوسرے لوگوں نے پرمیشر سنگھ کو گھیر لیا اور اسے مبارک باد دینے لگے لیکن پرمیشر سنگھ لاری آنے سے پہلے حواس باختہ ہو رہا تھا تو اب لاری جانے کے بعد لٹا لٹا سا لگ رہا تھا۔ پھر وہ گاؤں سے نکل کر گیان سنگھ کے کھیت میں آیا۔ اختر کو کندھے پر بٹھا کر گھر میں لے آیا۔ کھانا کھلانے کے بعد اسے کھاٹ پر لٹا کر کچھ یوں تھپکا کہ اسے نیند آ گئی۔ پرمیشر سنگھ دیر تک

کھاٹ پر بیٹھا رہا۔ کبھی داڑھی کھجاتا اور ادھر ادھر دیکھ کر پھر سوچ میں بیٹھ جاتا۔ پڑوس کی چھت پر کھیلتا ہوا ایک بچہ اچانک اپنی ایڑی پکڑ کر بیٹھ گیا اور زار زار رونے لگا۔ ''ہائے اتنا بڑا کانٹا اتر گیا پورے کا پورا۔'' وہ چلایا اور پھر اس کی ماں ننگے سر اوپر بھاگی۔ اسے گود میں بٹھا لیا پھر نیچے بیٹی کو پکار کر سوئی منگوائی۔ کانٹا نکالنے کے بعد اسے بے تحاشا چوما اور پھر نیچے جھک کر پکاری۔۔۔ ''ارے میرا دوپٹہ تو اوپر پھینک دینا۔ کیسی بے حیائی سے اوپر بھاگی چلی آئی۔۔''

پرمیشر سنگھ نے کچھ دیر بعد چونک کر بیوی سے پوچھا۔

''سنو کیا تمھیں کرتارا اب بھی یاد آتا ہے۔۔''

''لو اور سنو'' بیوی بولی اور پھر ایک دم چھاجوں رو دی۔۔۔ 'کرتارا تو میرے کلیجے کا ناسور بن گیا ہے پرمیشرے!''

کرتارے کا نام سن کر ادھر سے امر کور اٹھ کر آئی اور روتی ہوئی ماں کے گھٹنے کے پاس بیٹھ کر رونے لگی۔

پرمیشر سنگھ یوں بدک کر جلدی سے اٹھ بیٹھا جیسے اس نے شیشے کے برتنوں سے بھرا ہوا طشت اچانک زمین پر دے مارا ہو۔

شام کے کھانے کے بعد وہ اختر کو انگلی سے پکڑے باہر دالان میں آیا اور بولا۔ ''آج تو دن بھر خوب سوئے ہو بیٹا۔ چلو آج ذرا گھومنے چلتے ہیں۔ چاندنی رات ہے۔۔''

اختر فوراً مان گیا۔ پرمیشر سنگھ نے اسے کمبل میں لپیٹا اور کندھے پر بٹھالیا۔ کھیتوں میں آکر وہ بولا۔ ''یہ چاند جو پورب سے نکل رہا ہے نا بیٹے، جب یہ ہمارے سر پر پہنچے گا تو صبح ہو جائے گی۔۔''

اختر چاند کی طرف دیکھنے لگا۔

''یہ چاند جو یہاں چمک رہا ہے نا۔ یہ وہاں بھی چمک رہا ہو گا۔ تمھاری اماں کے دیس میں۔۔''

اب کے اختر نے جھک کر پرمیشر سنگھ کی طرف دیکھنے کی کوشش کی۔

''یہ چاند ہمارے سر پر آئے گا تو وہاں تمھاری اماں کے سر پر بھی ہو گا۔۔''

اب کے اختر بولا ''ہم چاند دیکھ رہے ہیں تو کیا اماں بھی چاند کو دیکھ رہی ہوگی؟''

''ہاں پرمیشر سنگھ کی آواز میں گونج تھی۔۔۔ ''چلو گے اماں کے پاس؟''

''ہاں'' اختر بولا۔۔۔ ''پر تم جاتے نہیں، تم بہت برے ہو، تم سکھ ہو۔۔''

پرمیشر سنگھ بولا۔۔۔ ''نہیں بیٹے، آج تو تمھیں ضرور ہی لے جاؤں گا۔ تمھاری اماں کی چٹھی آئی ہے۔ وہ کہتی ہے میں اختر بیٹے کے لیے اداس ہوں۔۔''

''میں بھی تو اداس ہوں۔۔'' اختر کو جیسے کوئی بھولی ہوئی بات یاد آ گئی۔

''میں تمھیں تمھاری اماں ہی کے پاس لیے جا رہا ہوں۔۔''

''سچ۔۔؟'' اختر پرمیشر سنگھ کے کندھے پر کودنے لگا اور زور زور سے بولنے لگا۔۔۔

''ہم اماں پاس جا رہے ہیں۔ پرموں ہمیں اماں پاس لے جائے گا۔ ہم وہاں سے پرموں کو چٹھی لکھیں گے۔۔''

پرمیشر سنگھ چپ چاپ روئے جا رہا تھا۔ آنسو پونچھ کر اور گلا صاف کر کے اس نے اختر سے پوچھا۔

''گانا سنو گے؟''

''ہاں''

''پہلے تم قرآن سناؤ۔۔''

''اچھا'' اور اختر قُل ہو اللّٰہ پڑھنے لگا، کفواً اَحد پر پہنچ کر اس نے اپنے سینے پر چھوٗ کی اور بولا۔۔ ''لاؤ تمھارے سینے پر بھی چھوٗ کر دوں۔۔''

رک کر پرمیشر سنگھ نے گریبان کا ایک بٹن کھولا اور اوپر دیکھا۔ اختر نے لٹک کر اس کے سینے پر چھوٗ کر دی اور بولا۔۔ ''اب تم سناؤ۔۔''

پرمیشر سنگھ نے اختر کو دوسرے کندھے پر بٹھا لیا۔ اسے بچوں کا کوئی گیت یاد نہیں تھا۔ اس لیے اس نے قسم قسم کے گیت گانا شروع کیے اور گاتے ہوئے تیز تیز چلنے لگا۔

اختر چپ چاپ سنتا رہا۔

بنتو دا اس سر بن ورگا جے

بنتو دا منہ ورگا جے

بنتو دا لک چترا جے

لوکو

بنتو دا لک چترا

''بنتو کون ہے؟'' اختر نے پرمیشر سنگھ کو ٹوکا۔

پرمیشر سنگھ ہنسا پھر ذرا وقفے کے بعد بولا۔۔۔ ''میری بیوی ہے نا۔ امر کور کی ماں۔ اس کا نام بنتو ہے۔ امر کور کا نام بھی بنتو ہے۔ تمھاری اماں کا نام بھی بنتو ہی ہوگا۔۔''

''کیوں؟'' اختر خفا ہو گیا۔۔۔ ''وہ کوئی سکھ ہے؟''

پرمیشر سنگھ خاموش ہو گیا۔

چاند بہت بلند ہو گیا تھا۔ رات خاموش تھی، کبھی کبھی گنے کے کھیتوں کے آس پاس گیدڑ روتے اور پھر سناٹا چھا جاتا۔ اختر پہلے تو گیدڑوں کی آواز سے بہت ڈرا، مگر پرمیشر

سنگھ کے سمجھانے سے بہل گیا اور ایک بار خاموشی کے طویل وقفے کے بعد اس نے پرمیشر سنگھ سے پوچھا۔۔۔ ''اب کیوں نہیں روتے گیدڑ؟'' پرمیشر سنگھ ہنس دیا۔ پھر اسے ایک کہانی یاد آ گئی۔ یہ گُرو گوبند سنگھ کی کہانی تھی۔ لیکن اس نے بڑے سلیقے سے سکھوں کے ناموں کو مسلمانوں کے ناموں میں بدل دیا اور اختر ''پھر؟ پھر؟'' کی رٹ لگاتا رہا اور کہانی ابھی جاری تھی، جب اختر ایک دم بولا۔ ''ارے چاند تو سر پر آ گیا!''

پرمیشر سنگھ نے بھی رک کر اوپر دیکھا۔ پھر وہ قریب کے ٹیلے پر چڑھ کر دور دیکھنے لگا اور بولا۔۔۔ ''تمھاری اماں کا دیس جانے کدھر چلا گیا۔۔''

وہ کچھ دیر ٹیلے پر کھڑا رہا۔ جب اچانک کہیں دور سے اذان کی آواز آنے لگی اور اختر مارے خوشی کے یوں کودا کہ پرمیشر سنگھ اسے بڑی مشکل سے سنبھال سکا۔ اسے کندھے پر سے اتار کر وہ زمین پر بیٹھ گیا اور کھڑے ہوئے اختر کے کندھوں پر ہاتھ رکھ کر بولا۔۔۔ جاؤ بیٹے، تمھیں تمھاری اماں نے پکارا ہے۔ بس تم اس آواز کی سیدھ میں۔۔۔۔''

''شش!'' اختر نے اپنے ہونٹوں پر انگلی رکھ دی اور سرگوشی میں بولا۔

''اذان کے وقت نہیں بولتے۔۔''

''پر میں تو سکھ ہوں بیٹے!'' پرمیشر سنگھ بولا۔

''شش'' اب کے اختر نے بگڑ کر اسے گھورا۔

اور پریشر سنگھ نے اسے گود میں بٹھا لیا۔ اس کے ماتھے پر ایک بہت طویل پیار دیا اور اذان ختم ہونے کے بعد آستینوں سے آنکھیں رگڑ کر بھرائی ہوئی آواز میں بولا۔

''میں یہاں سے آگے نہیں آؤں گا۔ بس تم۔۔۔۔''

''کیوں۔۔۔؟ کیوں نہیں آؤ گے۔۔۔؟ اختر نے پوچھا۔

''تمھاری اماں نے چٹھی میں یہی لکھا ہے کہ اختر اکیلا آئے۔۔''

پریشر سنگھ نے اختر کو پھسلایا۔۔۔ ''بس تم سیدھے چلے جاؤ۔ سامنے ایک گاؤں آئے گا۔ وہاں جا کر اپنا نام بتانا کرتارا نہیں اختر، پھر اپنی ماں کا نام بتانا۔ اپنے گاؤں کا نام بتانا اور دیکھو، مجھے ایک چٹھی ضرور لکھنا۔۔''

''لکھوں گا'' اختر نے وعدہ کیا۔

''اور ہاں تمھیں کرتارا نام کا کوئی لڑکا ملے نا، تو اسے ادھر بھیج دینا۔۔''

''اچھا'' پریشر سنگھ نے ایک بار پھر اختر کا ماتھا چوما اور جیسے کچھ نگل کر بولا۔

''جاؤ!''

اختر چند قدم چلا مگر پلٹ آیا۔۔۔ ''تم بھی آ جاؤ نا۔۔''

''نہیں بھئی!'' پرمیشر سنگھ نے اسے سمجھایا۔۔۔ ''تمھاری اماں نے چٹھی میں یہ نہیں لکھا۔۔''

''مجھے ڈر لگتا ہے۔۔'' اختر بولا۔

''قرآن کیوں نہیں پڑھتے؟'' پرمیشر سنگھ نے مشورہ دیا۔

''اچھا'' بات سمجھ میں آ گئی اور وہ قُل ہو اللّٰہ کا ورد کرتا ہوا جانے لگا۔

نرم نرم پو افق کے دائرے پر اندھیرے سے لڑ رہی تھی اور ننھا سا اختر دور دھندلی پگڈنڈی پر ایک لمبے تڑنگے سکھ جوان کی طرح تیز تیز جا رہا تھا۔ پرمیشر سنگھ اس پر نظریں گاڑے ٹیلے پر بیٹھا رہا اور جب اختر کا نقطہ فضا کا ایک حصہ بن گیا تو وہاں سے اتر آیا۔

اختر ابھی گاؤں کے قریب نہیں پہنچا تھا کہ دو سپاہی لپک کر آئے اور اسے روک کر بولے۔ 'کون ہو تم؟''

''اختر۔۔''

وہ یوں بولا جیسے ساری دنیا اس کا نام جانتی ہے۔

''اختر!'' دونوں سپاہی کبھی اختر کے چہرے کو دیکھتے اور کبھی اس کی سکھوں کی سی پگڑی کو۔ پھر ایک نے آگے بڑھ کر اس کی پگڑی جھٹکے سے اتار لی تو اختر کے کیس کھل کر ادھر ادھر بکھر گئے۔

اختر نے بھنا کر پگڑی چھین لی اور پھر ایک ہاتھ سے سر کو ٹٹولتے ہوئے وہ زمین پر لیٹ گیا اور زور زور سے روتے ہوئے بولا۔۔۔ ''میرا کنگھا لاؤ۔ تم نے میرا کنگھا لے لیا ہے۔ دے دو ورنہ میں تمھیں ماروں گا۔۔''

ایک دم دونوں سپاہی دھپ سے زمین پر گرے اور رائفل کو کندھوں سے لگا کر جیسے نشانہ باندھنے لگے۔

''ہالٹ۔۔''

ایک پکارا جیسے جواب کا انتظار کرنے لگا۔ پھر بڑھتے ہوئے اجالے میں انھوں نے ایک دوسرے کی طرف دیکھا اور ایک نے فائر کر دیا۔ اختر فائر کی آواز سے دہل کر رہ گیا اور سپاہیوں کو ایک طرف بھاگتا دیکھ کر وہ بھی روتا چلاتا ہوا ان کے پیچھے بھاگا۔

سپاہی جب ایک جگہ جا کر رُکے تو پریشر سنگھ اپنی ران پر کس کر پٹی باندھ چکا تھا مگر خون اس کی پگڑی کی سیکڑوں پرتوں میں سے بھی پھوٹ آیا۔ اور وہ کہہ رہا تھا۔۔۔ ''مجھے کیوں مارا تم نے، میں تو اختر کے کیس کاٹنا بھول گیا تھا؟ میں اختر کو اس کا دھرم واپس دینے آیا تھا یارو۔۔''

اور اختر بھاگا آرہا تھا اور اس کے کیس ہوا میں اڑ رہے تھے۔

***

چڑیل

جی ہاں ہے تو عجیب بات مگر بعض باتیں سچی بھی ہوتیں ہیں، دن بھر وہ برساتی نالوں میں چقماق کے جھولیاں چنتی ہے اور رات کو انہیں آپس میں بجاتی ہے، اور جس اسے چنگاریاں جھڑنے لگتی ہیں تو زور زور سے ہنستی ہے، اور پھر اس کی ہنسی شدید ہونے لگتی ہے، تو ہم پر رحمتیں برسا خوتون، تو آسمان پر ستارے گنکنے لگتے ہیں، جھیل کی سطح پر چمٹے ہوئے چاند کو لطیف جھونکے لاتعداد دنوں کی قطاروں میں تقسیم کر دیتے ہیں اور ہوائیں گھنی پریوں میم سے سمت سمٹ اور لچک لچک کر نکلتی ہوئی گنگنانے لگتی ہیں، اور یہ گنگناہٹ سنسناتے ہوئے سناتے کا روپ دھار کر پہاڑیوں اور وادیوں پر مسلط ہو جاتی ہے، اور صرف تبھی ٹوٹتی ہے جب پو پھٹتے گلابی کنکروں سے پٹی ہوئی ڈھیریوں پر ایک سایہ سامنڈلانے لگتا ہے۔

اول اول جب وہ ان ڈھیریوں پر آئی تو چیت کے مہینے کی ایک رات آدھی سے زیادہ گزر چکی تھی، آسمان پر بادلوں کی جنگ جاری تھی، اور برساتی نالے گرج رہے تھے، کسی کھوہ میں ایک گڈریا دبکا بیٹھا تھا، یہ قریب سے گزری تو چڑیل چڑیل پکارتا چیختا چلاتا کنکر اڑاتا اندھیرے میں جذب ہو گیا، دوسرے روز چرواہوں نے بہت دور سے اسے ڈھیریوں پر چقماق چنتے ہوئے دیکھا تو گڈریئے کے واویلا میں سچائی کی رمق نظر آئی۔ ، گھروں کے صدر دروازوں پر تعویذ لٹکائے گئے، دہقانوں کے چھپروں کے اردگرد پیر جی کا دم کیا ہوا پانی چھڑکا جانے لگا، اور نمبر دار نے مولوی جی کو دین وسط میں بٹھا کر کہا کہ تین مرتبہ قرآن مجید پڑھ کر چھو کرو اور پیٹ بھر حلوہ۔۔۔ سنتا سنگھ جوار راولپنڈی کے سفادوں کا حال سن کر گھر کی چار دیواری میں بند ہو گیا تھا، باہر آیا، اور مکان کے قفل پر سیندور چھڑک کر اندر بھاگ گیا اور لالہ چومی لال نے اڑوس پڑوس کے پنڈتوں کو فوراً جمع کیا اور ایک بھجن منڈلی قائم کرلی، ہو حق کے ورد اور رام رام کے جاپ سے گاؤں بھڑوں کے چھتے کی طرح سر سرانے لگا، اس روز مدرسہ بھی بند رہا، کیوں کہ گائیوں نے اپنے کلیجے کے ٹکڑوں کو کلیجیوں میں سے چمٹائے رکھا اور اور مدرسے کے برآمدے میں بیٹھ کر چڑی کی باتیں کرتے رہے۔

مگر چند ہی دنوں کے بعد مراد نے گاؤں میں یہ خبر پھیلا دی کہ وہ چڑیل نہیں، چڑیل نہیں، مولوی جی نے پوچھا تھا، ''ارے بھئی تمہیں کیا معلوم کہ سکندر اعظم کے زمانے میں کالی ڈھیری کی ایک چوٹی پر ایک ہندوستانی چڑیل نے ایک یونانی کی کھوپڑی توڑ کر اس کا گودا نگل لیا تھا، جب سے اس ڈھیری پر کسی نے قدم نہیں رکھا اور اکثر دیکھا گیا ہے، کہ طوفانی راتوں میں ڈھیری پر دیئے جلتے ہیں اور تالیاں بجتی ہیں اور ڈراؤنے قہقہوں کی آوازیں آتی ہیں، دادا سے پوچھ لو۔۔''

دادا جسے قرآن مجید کی کئی آیتوں سے لے کر ابابیلوں کی چونچ اور گدھ کی آنکھوں کے مرکب سے ایک اکسیری سرمے کا نسخہ تک یاد تھا، بولا کون نہیں جانتا کوئی ماں کا لال کالی ڈھیری پر چڑھ کر تو دکھائے، کہتے ہیں کہ اکبر بادشاہ دلی سے صرف اس لئے یہاں آیا تھا کہ اس چوٹی کا راز معلوم کرے مگر مارے ڈر کے پلٹ گیا تھا۔

مراد بولا ''میری بات بھی تو سنو۔۔''

''ہاں ہاں بھئی'' دادا نے کہا۔ ''سچ مچ مراد کی بات بھی تو سنو، ہمارے تمہارے جیسا نادان تو نہیں کہ سنی سنائی ہانک دے کا پڑھا لکھا ہے انگریز کو اردو پڑھاتا رہا ہے فوج میں۔۔۔کہو بھئی مراد''

اور مراد بولا ''وہ چڑیل نہیں بلکہ بلا کی خوبصورت عورت ہے اتنے لمبے بال اور گھنے بال ہیں اس کے معلوم ہوتا ہے اس کے بدن پر گاڑھے دھوئیں کا ایک لہراتا ہوا سا خول چڑھا ہوا ہے، اور رنگ تو اس غضب کا ہے کہ چاندی کی کرنوں کی ایسی کی تیسی، آنکھیں بادامی ہیں پتھر کو ٹکٹکی باندھ کر دیکھے تو چٹخا دے، پلکیں اتنی لمبی اور ایسی شان سے مڑی ہوئی جیسے تیر کمان۔۔۔۔۔ اور دادا۔۔۔ کہتے جاؤ۔۔۔ کہتے جاؤ''۔۔۔

دادا مسکرا رہا تھا، مولوی جی تسبیح پر سینکڑا ختم کرا لیا تھا، اور مراد بولا۔۔۔

''دادا۔۔۔ اس کی دونوں ابروؤں کے درمیان ایک نیلی سی بندیا بھی۔۔''

ارے دادا جیسے سنبھل کر بیٹھ گیا اور مولوی جی نے تسبیح کو مٹھی میں مروڑ کر ہاتھ بلند کرتے ہوئے کہا۔

''میں نہیں کہتا تھا کہ وہ کالی ڈھیری کی چڑیل ہے، جس نے یونانی سپاہی کی کھوپڑی کا گودا نکال تھا، یہ ماتھے کی بندیا ہندو عورت ہی کا نشان تو ہے، خدا لگتی کہوں گا مراد''۔۔۔ دادا بولا۔۔ ''مولوی جی کی بات سچ رہی ہے، نفل پڑھو شکرانے کے کہ بچ کر آئے''''ہو۔۔۔ نہیں وہ چڑیل نہیں''، مراد کی آواز میں اعتماد تھا، ''اگر وہ چڑیلیں ایسی ہیں تو میں ابھی کالی ڈھیری پر جانے کیلیئے تیار ہوں۔۔۔ مگر دادا۔۔۔ میرا دل کہتا کہ وہ چڑیل نہیں۔۔''

''تو پھر کون ہے آخر؟'' دادا نے لوگوں کی آنکھوں میں دبکے ہوئے سوالوں کو زبان سے ادا کر دیا، ''ہوگی کوئی'' مراد بولا ''مگر میں سچ کہتا ہوں کہ ایران میں بھی دیکھا اور عراق میں اور مصر میں بھی کہیں کشمیری سیب کی سی رنگت تھی تو کہیں چنبیلی کی سی لیکن گندم کا ساندی کنارے ریت کا سا، سنہری سنہری، یہ ہمارے ہندوستان میں ہی ملتا ہے۔۔''

''ہندوستان میں اور بھی تو بہت کچھ ہے'' نمبر دار کا بیٹا رحیم جو لاہور کے ایک کالج میں پڑھتا تھا، اور ایسٹر کی چھٹیاں گزرانے گاؤں میں آیا تھا، بھاری بھاری کتابوں کی اوٹ سے بولا، ''یہاں بنگلا کے گلے سڑے ڈھانچے بھی ہیں اور بہادر کے یتیم اور سارے ہندوستان کی وہ بیوائیں بھی ہیں جب کے آبرو کے رکھوالوں پر مشرق و مغرب کے میدانوں میں گدھوں، مچھلیوں اور کیڑوں نے ضیافتیں اڑائیں اور جن کے لہو کی پھوار نے فاشزم کا فانوس بجایا اور جن کے خون کی حدت نے کئی اور کافور شمعیں روشن کیں اور پھر ہندوستان میں تمہارا امرتسر راولپنڈی اور ملتان بھی تو ہیں، جہاں صرف اس لئے عورتوں کی آبرو ریزی کی جا رہی ہے کہ ان کے ماتھے پر نیلی سی بندیاں ہے اور جہاں بچوں کو۔۔۔۔۔۔'' ''نہیں نہیں بھئی۔ دادا ابو کے بچوں کو نہیں بچوں کو ابھی تک کسی نے کچھ نہیں کہا۔''

***

عالاں

اماں ابھی دہی بلو رہی تھیں کہ وہ مٹی کا پیالہ لئے آ نکلی۔ یہ دیکھ کر کہ ابھی مکھن ہی نہیں نکالا گیا تو لسی کہاں سے ملے گی؟ وہ ششش و پنج میں پڑ گئی کہ واپس چلی جائے یا وہیں کھڑی رہے۔

''بیٹھ جاؤ عالاں!'' اماں نے کہا، ''ابھی دیتی ہوں۔۔۔۔۔۔۔۔۔ کیسی ہو؟''

''جی اچھی ہوں!''

وہ وہیں بیٹھ گئی جہاں کھڑی تھی۔ کچھ دیر کے بعد اماں بولیں، ''اب میں مکھن نکالنے لگی ہوں، برا نہ ماننا۔۔۔۔۔۔۔ نیت بری نہ ہو تب بھی نظر لگ جاتی ہے! ابھی پچھلے دنوں نوراں نے مجھے مکھن کا پیڑا نکالتے دیکھا تھا تو دوسرے دن مرغی کے انڈے کے برابر مکھن نکلا۔۔۔۔۔ اور اُس سے اگلے دن چڑیا کے انڈے کے برابر۔۔۔۔ گائے کو تین دن مرچوں کی دھونی دی تو نظر اُتری!''

عالاں گنگی ''نظر تو کبھی کبھی میری بھی لگتی ہے بی بی جی! اس سے پہلے آپ کا شیشے کا ایک گلاس توڑ چکی ہوں۔''

''ہاں ہاں!'' اماں کو یاد آ گیا۔

''تم نے کہا! ہائے بی بی جی! کیسا صاف شفاف ہے کہ نظر آر پار جاتی ہے۔ اور پھر یوں ہی پڑے پڑے چھنا کے سے ٹوٹ گیا! میں تو حیران رہ گئی۔''

پھر اُنھوں نے عالاں کو ڈانٹا مگر اُس ڈانٹ میں غصہ نہیں تھا۔ ''لو!۔۔۔۔۔ اب پرلی طرف دیکھو!''

اور وہ مسکراتی ہوئی ایک طرف گھوم گئی اور سامنے دیکھنے لگی سامنے میں بیٹھا تھا۔ مجھے دیکھتے ہی وہ ڈوپٹے کا پلو آدھے سر پر سے کھینچ کر ماتھے تک لے آئی اور بولی ''بی بی جی! اندر چھوٹے میاں جی تو نہیں بیٹھے؟''

''اری! وہی عارف تو ہے!۔۔۔۔۔۔۔ رات آیا ہے۔''

عالاں اُٹھ کر دروازے تک آئی اور بولی، ''رد بلائیں دور بلائیں۔

''کیسی ہو عالاں؟'' میں نے پوچھا۔

''جی اچھی ہوں'' وہ بولی۔

پھر اُس کے چہرے پر شرارت چمکی ''پہلے تو میں آپ کو پہچانی ہی نہیں! میں سمجھی، کوئی بچہ مونچھیں لگائے بیٹھا ہے''

اس پر اماں کی ہنسی چھوٹ گئی، ''توبہ ہے۔ کمبخت ایسی باتیں کرتی ہے کہ۔۔۔۔۔۔۔ توبہ ہے!''

عالاں دہلیز پر یوں بیٹھ گئی کہ اُس کا ایک پاؤں باہر صحن میں تھا اور ایک کمرے کے اندر۔

''عارف میاں! پردیس میں آپ کیا کرتے ہیں؟''

اُس نے مجھ سے یوں پوچھا جیسے چوپال میں بیٹھی گپ لڑا رہی ہے۔ ساتھ ہی وہ المونیم کے ایک پیالے کو فرش پر ایک انگلی سے مسلسل گھمائے جا رہی تھی۔

میں نے کہا ''نوکری کرتا ہوں روپیہ کماتا ہوں۔''

''بی بی جی کو کتنا بھیجتے ہیں؟''اُس نے شرارت سے مسکرا کر پوچھا!

''اے لڑکی!'' اماں نے اُسے ڈانٹا، ''اپنی عمر کے لڑکوں سے یوں باتیں نہیں کرتے۔ اب تو چھوٹی نہیں ہے۔۔۔۔۔ کیا ابھی تک تجھے کسی نے نہیں بتایا کہ تو بڑی ہوگئی ہے؟''

وہ دہلیز پر بیٹھی بیٹھی اماں کی طرف گھوم گئی۔ اب اُس کے دونوں پاؤں صحن میں تھے اور بالوں کا ایک ڈھیر کمرے میں تھا۔ 'کون بتائے بی بی جی؟''

وہ بولی! ''اماں ابا ہوتے تو بتاتے! اُنہیں تو خدا کے پاس جانے کی اتنی جلدی پڑی تھی کہ میرے سر پر سے اپنا ہاتھ اُٹھایا تو انتظار بھی نہیں کیا کہ کوئی اس لڑکی کہ سر پر ہاتھ رکھے تو چلیں'' عالاں کی آواز کو آنسوؤں نے بھگو دیا تھا۔

میں نے کہا! ''عالاں۔۔۔۔ تمہاری ماں تو کب کی چل بسی تھی کیا باپ بھی چل دیا؟''

اب کے گھوم کر اُس نے دونوں پاؤں کمرے میں رکھ دئیے اور بولی، ''جی! وہ بھی چلا گیا۔ میں لڑکا ہوتی تو شائد مجھے جوتے گانٹھنا سکھا جاتا پر وہ مجھ سے روٹیاں ہی پکواتا رہا۔ اب میں ایک موچی کی بیٹی ہوں پر اپنے جوتے دوسروں سے مرمت کرواتی ہوں۔''

''تو کیا ہوا؟'' اماں بولیں، ''تجھے صرف جوتے گانٹھنا نہیں آتے نا! باقی تو سب کام آتے ہیں۔ اپنی محنت سے کماتی اور کھاتی ہو۔ سارا گاؤں تمہاری تعریف کرتا ہے۔۔۔۔۔۔۔ لو لسّی لے لو!''

عالاں جو اماں کی گفتگو کے دوران میں انہی کی طرف گھوم گئی تھی، اُٹھی اور جا کر پیالہ اماں کے پاس رکھ دیا۔

وہ لسی کا پیالہ لے کر جانے لگی مگر چند قدموں کے بعد ایک دم رک گئی اور پلٹ کر بولی!

''آج بھی چکی پیسنے آجاؤں بی بی جی؟''

''آجانا آجانا!'' اماں بولیں، ''آٹا تو ڈھیروں پڑا ہے پر عارف کے ابا کی برسی بھی تو زیادہ دور نہیں ہے۔ کئی بوریوں کی ضرورت پڑے گی۔۔۔۔۔ آجانا!''

''جی اچھا!'' وہ بولی، پھر وہیں کھڑے کھڑے مجھ سے پوچھا،

''عارف میاں! آپ کتنی چھٹی پر آئے ہیں؟''

میں نے کہا! ''میں اباکی برسی کر کے جاؤں گا''

بولی، ''پھر تو بہت دن ہیں۔''

میں جب گاؤں میں اِدھر اُدھر گھوم کر واپس آیا تو وہ اندر ایک کوٹھریا میں بیٹھی چکی پیس رہی تھی۔ اوڑھنی اُس کے سر سے اُتر گئی تھی اور کھلے بال چکی کے ہر چکر کے ساتھ اُس کے چہرے کو چھپا اور کھول رہے تھے اُس نے ایک ٹانگ کو پورا پھیلا رکھا تھا نیلا تہہ بند اُس کی پنڈلیوں تک کھنچ گیا تھا۔ اگر ایسی پنڈلی کو کاٹ کر اور شیشے کے مرتبان میں رکھ کر ڈرائنگ روم میں سجا دیا جائے تو کیسا رہے! میں نے ادھر اُدھر دیکھا! اماں کہیں نظر نہ آئیں تو میں پنجوں کے بل کوٹھریا تک گیا۔

دروازے سے آتی ہوئی روشنی ایک دم کم ہوئی تو اُس نے چونک کر دیکھا، چکی روک لی، بالوں کو جھٹک کر سمیٹا اور اوڑھنی کو سر پر کھینچ لیا مگر پھیلی ہوئی ٹانگ کو پھیلا رہنے دیا۔ پھر وہ چکی کی ہتھی کو تھام کر آہستہ آہستہ گھمانے لگی اور میری طرف دیکھتی چلی گئی۔

- - - - - - - - - - - - -

اُس وقت میرا پہلا تاثر یہ تھا ایک ایک موچی کی بیٹی کی آنکھوں کو اتنا بڑا نہیں ہونا چاہیے غریب غرباء کو چھوٹی چھوٹی آنکھیں ہی کفایت کر جاتی ہیں۔

اُس کے چہرے پر شرارت تھی اور اس ڈر کے مارے کہ وہ کوئی فقرہ نہ مار دے میں نے پوچھا، ''اماں کہاں ہیں؟''

وہ بولی ''تو کیا آپ بی بی جی کو دیکھنے یہاں تک آئے تھے؟''

''تو کیا تمھیں دیکھنے آیا تھا؟'' مجھے حملے کا موقع مل گیا۔ اُس نے بس اتنا کیا کہ ٹانگ سمیٹی اور پھر پھیلا دی۔ پھر وہ کچھ کہنے ہی لگی تھی کہ میں نے پھر پوچھا، ''اماں کہاں ہیں؟''

''یہیں حویلی میں ہیں!'' اس نے کہا۔ ''آپ کے چچا کی بیٹی بیمار ہیں اُنہیں دیکھنے گئی ہیں۔''

میں نے کہا ''یہ جو تم پسائی کر رہی ہو اس کی کتنی اجرت لوگی؟''

''دو دن کا آٹا تو مل ہی جائے گا'' اُس کے لہجے میں کاٹ سی تھی نہ جانے طنز کر رہی تھی یا اُس کا لہجہ ایسا تھا۔

''اچھا دو دن گزر گئے تو پھر کیا کرو گی؟''

''پھر آ جاؤں گی آٹا پیسنے، پانی بھرنے یا چھتیں لیپنے۔''

''چھتیں لیپنے! کیا تمھیں چھتیں لیپنا بھی آتا ہے؟'' میں نے سچ مچ حیرت سے پوچھا۔

وہ بولی ''مجھے کیا نہیں آتا عارف میاں! بس ایک جوتے گانٹھنے نہیں آتے۔۔۔۔۔۔ اور بہت کچھ آتا ہے۔''

''مثلاً کیا کیا آتا ہے؟'' میں نے شرارت سے پوچھا۔

''اور۔۔۔۔۔۔۔۔ اور۔۔۔۔۔۔۔۔'' وہ کچھ بتانے لگی تھی مگر جیسے سوچ میں پڑ گئی اور آخر بولی، ''سبھی کچھ آتا ہے۔۔۔۔۔! آپ دیکھ لیں گے ہولے ہولے۔''

چند لمحے وہ یوں چکی چلانے میں مصروف رہی جیسے مجھے بھول گئی ہے۔ پھر چکی روک کر اُٹھ کھڑی ہوئی اور دروازے کی طرف بڑھی۔ میں ایک طرف ہٹا تو وہ باہر آ گئی اور بولی۔

''پیاس لگی ہے۔۔۔۔۔۔ پر بی بی جی کا کٹورا جھوٹا ہو جائے گا، مجھے بک میں پلا دیجئیے!''

''تم کٹورے میں ہی پی لو!'' میں نے کہا، اور پھر ڈانٹ کے لہجے میں کہا، ''چلو! اُٹھاؤ کٹورا!۔۔۔۔۔ پیو پانی!''

اُس کی مسکراہٹ کتنی گلابی تھی۔۔۔۔۔۔

زندگی میں پہلی بار انکشاف ہوا کہ مسکراہٹ کا بھی رنگ ہوتا ہے۔

وہ پانی پی چکی تو کٹورے کو کھنگالنے کے لیۓ اُس میں ذرا سا اور پانی ڈالا۔ میں نے کہا!

''بھر دو کٹورا!''

وہ سمجھی شائد میں کٹورے کو پوری طرح پاک کرانا چاہتا ہوں۔ کٹورا بھر گیا تو اُس نے میری طرف دیکھا اور میں نے کٹورا اُس کے ہاتھ سے اُچک کر منہ سے لگا لیا۔۔۔۔۔۔۔۔۔۔۔

''عارف میاں جی۔۔۔۔۔۔۔'' وہ انتہائی حیرت اور صدمے سے بولی، وہ حواس باختہ میری طرف دیکھتی رہی اور جب میں نے خالی کٹورا واپس کیا تو اُس کے ہاتھ میں رعشہ تھا اور اُس کی آنکھوں پر نمی کی ایک چمکیلی تہہ نمودار ہو گئ تھی اور اُس نے اوڑھنی کو یوں کس کے لپیٹ لیا تھا جیسے نماز پڑھنے چلی ہے۔

گاؤں میں جوان لڑکی کا ایک ایک قدم گنا جاتا ہے ایک ایک نظر کا حساب رکھا جاتا ہے بہت سے دوست بیٹھے تھے لڑکیوں کا ذکر ہو رہا تھا فلاں، فلاں کے ساتھ ہے۔

میں نے کہا ''ایک لڑکی عالاں بھی تو ہے نادرے موچی کی بیٹی!!!!''

اس پر سب ہنسنے لگے!!!! ''وہ!۔۔۔۔۔۔۔''

انہوں نے کہا ''وہ کسی کام کی نہیں ہے۔ گھر گھر میں کام کرتی پھرتی ہے روپیہ کمارہی ہے خوب صورت ہے پر نکمی ہے۔ ایک بار بیگو مونچھیل نے چھیڑا تو بولی! میں موچی

کی بیٹی ہوں کھال اُتار لیتی ہوں۔ بیگو کو اتنی شرم آئی کہ سیدھا نائی کے پاس گیا اور مونچھوں کی نوکیں کٹوا دیں۔ ''سب ہنسنے لگے اور دیر تک ہنستے رہے۔

میں نے کہا ''اگر وہ اتنی محنتی لڑکی ہے تو اُس کی عزت کرنی چاہیے۔''

ایک بولا ''وہ عزت بھی تو نہیں کرنے دیتی۔''

اس پر سب کو ایک بار پھر ہنسی کا دورہ پڑا۔

دوسرا بولا، ''تمہارے ہاں تو وہ بہت کام کاج کرتی ہے کبھی اُس کی عزت کر کے دیکھو کھال اُتار لے گی۔''

وہ پھر ہنسنے لگے اور مجھے اُن کی ہنسی میں شریک ہونا پڑا مگر۔۔۔۔۔ مجھ سے اپنی ہنسی کی آواز پہچانی ہی نہیں گئی، بالکل ٹین کے خالی کنستر میں کنکر بجنے کی آواز!

میں گھر واپس آیا تو وہ دروازے سے نکل رہی تھی، چہرہ بالکل تپا ہوا تھا آنکھیں بھی سرخ ہو رہی تھیں میں چونکا اور پوچھا، 'کیا بات ہے عالاں؟ تم روتی رہی ہو؟''

وہ ہنسنے لگی اور ہنسی کے وقفے میں بولی، ''روئیں میرے دشمن، میں کیوں روؤں؟ میں تو مرچیں کوٹتی رہی ہوں عارف میاں!''

''تم مرچیں بھی کوٹ لیتی ہو؟'' میں نے پوچھا 'کوئی ایسا کام بھی ہے جو تمہیں کرنا نہ آتا ہو! تم اتنے بہت سے کام کیوں کرتی ہو عالاں؟''

وہ بولی، ''روپیہ کما رہی ہوں آپ تو جانتے ہیں روپے والے لوگ غریب لڑکیوں کو خرید لیتے ہیں میرے پاس روپیہ ہو گا تو مجھ پر نظر اُٹھانے کی کسی کو مجال نہیں ہو گی۔۔۔۔۔۔ہے کسی کی مجال؟''

پھر وہ میرے قریب آ کر سرگوشی میں بولی، ''میں نے آپ کے کرتے کے کئے ململ خریدی ہے اُس پر بیل بوٹے کاڑھ رہی ہوں!''

''یہ غلط بات ہے!'' میں نے احتجاج کیا، ''تمہاری محنت سے کمائے ہوئے روپے سے خریدا ہوا کرتا مجھے کاٹے گا۔''

''میں کسی کو بتاؤں گی تھوڑی!'' وہ بولی، ''آپ بھی نہ بتائیے گا، پھر نہیں کاٹے گا!''

وہ گٹکی پھر ایک دم گھبرا گئی ''ہائے میں مر جاؤں! کہیں بی بی جی تو نہیں سُن رہیں!!!!!!''

بی بی جی کے لفظ پر میرے جسم میں بھی سنسنی دوڑ گئی۔ اندر جھانکا تو صحن خالی تھا پلٹ کر دیکھا تو وہ جا چکی تھی۔

ٹھیک ہے! میں نے سوچا، اچھی لڑکی ہے! پیاری بھی ہے! شوخ بھی ہے! سب کچھ ہے مگر آخر موچی کی لڑکی ہے اور خاندان کے بزرگ کہہ گئے ہیں کہ بلندی پر کھڑے ہو کر گہرے کھڈ میں نہیں جھانکنا چاہیے ورنہ آدمی گر جاتا ہے۔

ابا کی برسی کے روز ہمارے ہاں پورا گاؤں جمع تھا، مگر اُس ہجوم میں بھی عالاں کی دوڑ بھاگ نمایاں تھی وہ پھر کنی کی طرح گھومتی پھر رہی تھی یوں معلوم ہوتا تھا جیسے کہ اگر یہ لڑکی اس ہجوم سے نکل گئی تو برسی کی ساری تنظیم بگڑ جائے گی۔ وہ بالکل برمے کی طرح ہجوم میں سے راستہ بناتی ہوئی پار ہو جاتی اور پلٹ کر غڑاپ سے امی کے کمرے میں گُھس کر کواڑ دھڑ سے بند کر دیتی وہاں سے ہدایات لے کر وہ پھر باہر نکلتی اور پھر سے ہجوم میں برما لگا دیتی!

عشاء کی اذان تک سارا گاؤں کھانا کھا چکا تھا۔ خالی دیگیں ایک طرف سمیٹ دی گئی تھیں۔ نائی، دھوبی، میراثی، موچی سبھی فارغ کر دیئے گئے تھے دن بھر کے ہنگامے کے بعد ایک بہت بھاری سناٹا گھر پر ٹوٹ پڑا تھا۔ آخری مہمان کو رخصت کر کے جب میں امی کے کمرے میں آیا تو مجھے یقین تھا کہ عالاں بیٹھی امی کے بازو اور پنڈلیاں دبا رہی ہو گی۔ مگر امی تو اکیلی بیٹھی تھیں زندگی میں شائد پہلی بار امی کا لحاظ کئے بغیر میں اُن سے پوچھ بیٹھا، عالاں کہاں ہے؟

مگر امی اس سوال سے بالکل نہیں چونکیں، بولیں، ''وہ لڑکی ہیرا ہے بیٹا! بالک ہیرا! آج تو وہ میری آنکھیں، میرے بازو میرا سب کچھ تھی۔ دن بھر کی تھکی ماندی تو تھی ہی، کھانے بیٹھی تو دو چار نوالوں کے بعد جی بھر گیا۔ اُٹھ کر جانے لگی تو میں نے اُسے

روکا اس کی دیگچی کو چاولوں سے بھرا اور اُسے لے جانے کو کہا تو وہ بولی 'یہ چاول تو مجھے عارف میاں دیتے ہوئے بھلے لگتے! اوروں کو رخصت کرتے رہے پر اُنھوں نے مجھے تو پوچھا ہی نہیں!!!!! میں نہیں لے جاتی' اُس نے یہ بات ہنسی میں کہی! پر اُس نے ٹھیک کہا بیٹا! اندر کا سارا کام اُسی نے سنبھالے رکھا۔۔۔۔۔۔ تم تو سب کو رخصت کر ہی رہے تھے، اُسے بھی رخصت کر دیتے! ویسے تو وہ ہنستی ہوئی چلی گئی ہے پر اُسے ہنسنے کی عادت ہے۔۔۔۔۔۔۔۔ اور بیٹا! جن لوگوں کو ہنسنے کی عادت ہوتی ہے نا۔۔۔۔ اُنہیں جب رونا بھی ہوتا ہے تو وہ ہنسنے لگتے ہیں! جب وہ ہنستے ہیں تو اندر سے رو رہے ہوتے ہیں۔ تم نے ایک موچن سمجھ کر عالاں کی عزت نہ کی حالانکہ عالاں کا اپنا مان ہے۔ اُس کا یہ مان قائم رکھو بیٹا اور چاولوں کی یہ دیگچی اُسے دے آؤ! تھوڑی دیر پہلے گئی ہے، سوئی نہیں ہو گی۔ پھر کل صبح تم جا بھی رہے ہو۔ وہ کیا یاد کرے گی تمہیں؟۔۔۔۔۔۔۔ جاؤ!''

عالاں اپنے گھروندے کے دروازے کے پاس چارپائی پر لیٹی ہوئی تھی، میں نے پاس جا کر اُسے آہستہ سے پکارا تو وہ تڑپ کر یوں کھڑی ہو گئی جیسے اُس کے قریب کوئی گولا پھٹا ہے۔

''عارف میاں جی!'' وہ بولی، ''چاول دینے آئے ہوں گے!''

میں نے کہا ''ہاں! چاول ہی دینے آیا ہوں۔''

''لائیے!'' اُس نے ہاتھ بڑھائے، ''بی بی جی نے بتایا ہو گا۔۔۔ میں نے کیا کہا تھا؟'' وہ ہنسنے لگی۔

''ہاں! بتایا ہے۔'' میں نے کہا!

دیگچی لے کر اُس نے چارپائی پر رکھ دی اور بولی، ''وہاں گھر میں دیتے تو زیادہ اچھا لگتا! ویسے اب بھی اچھا لگ رہا ہے۔''

کچھ سمجھ میں نہیں آ رہا تھا کہ کیا کہوں؟

آخر ایک بات سوجھی، ''میں کل واپس جا رہا ہوں!''

''وہ مجھے معلوم ہے!'' عالاں بولی۔

''معلوم تھا تو وہاں گھر میں ذرا سی دیر رک جاتیں!'' میں نے کہا۔

وہ بولی ''آپ کے کرتے کا آخری ٹانکا باقی تھا وہ آ کے لگایا ہے۔۔۔۔۔۔ بکسے میں اس کرتے کی جگہ تو ہو گی ناں؟ اور ہاں صبح آپ کا بکسا اُٹھا کر بسوں کے اڈے پر مجھے ہی تو پہنچانا ہے! بی بی جی نے کہا تھا۔''

میں نے کہا ''تم کیا کچھ کر لیتی ہو عالاں؟ چکی تم پیس لیتی ہو، چھتیں تم لیپ لیتی ہو، مرچیں تم کوٹ لیتی ہو، کنوئیں سے دو دو تین تین گھڑے تم پانی بھر کے لاتی ہو، پورے گھر کا کام تم

سنبھال لیتی ہو، کرتے تم کاڑھ لیتی ہو، بوجھ تم اُٹھا لیتی ہو۔ تم کس مٹی کی بنی ہوئی ہو عالاں؟؟؟؟؟؟؟؟؟؟''

وہ خاموش کھڑی رہی، پھر دو قدم اُٹھا کر میرے اتنے قریب آگئی کہ مجھے اپنی گردن پر اُس کی سانسیں محسوس ہونے لگیں۔۔۔۔۔۔

''میں تو اور بھی بہت کچھ کر سکتی ہوں! عارف میاں۔'' اُس کی آواز میں جھنکار سی تھی!

''آپ کو کیا معلوم؟؟؟؟؟ میں اور کیا کچھ کر سکتی ہوں!!!!!!!!!''

ذرا سے وقفے کے بعد وہ بولی ''مجھ سے پوچھئے نہ۔۔۔۔۔۔۔۔ ! میں اور کیا کچھ کر سکتی ہوں؟؟؟؟؟؟؟''

پہلی جماعت کے بچے کی طرح میں نے اُس سے پوچھا ''اور کیا کچھ کر سکتی ہو؟؟؟؟؟؟؟''

''میں۔۔۔۔۔۔۔۔۔۔۔۔۔پیار بھی کر سکتی ہوں عارف میاں!!!!!!!!!!''

اُس نے جیسے کائنات کا راز فاش کر دیا۔

***

ماسی گُل بانو

اُس کے قدموں کی آواز بالکل غیر متوازن تھی، مگر اُس کے عدم توازن میں بھی بڑا توازن تھا۔ آخر بے آہنگی کا تسلسل بھی تو ایک آہنگ رکھتا ہے۔ سو اُس کے قدموں کی چاپ ہی سے سب سمجھ جاتے تھے کہ ماسی گُل بانو آ رہی ہے۔ گُل بانو ایک پاؤں سے ذرا لنگڑی تھی۔ وہ جب شمال کی جانب جا رہی ہوتی تو اُس کے بائیں پاؤں کا رخ تو شمال ہی کی طرف ہوتا مگر دائیں پاؤں کا پنجہ ٹھیک مشرق کی سمت رہتا تھا۔ یوں اُس کے دونوں پاؤں زاویہ قائمہ سا بنائے رکھتے تھے اور سب زاویوں میں یہی ایک زاویہ ایسا ہے جس میں ایک توازن، ایک آہنگ، ایک راستی ہے۔ سو گُل بانو کا لنگڑا پن کجی میں راستی کا ایک چلتا پھرتا ثبوت تھا۔

گُل بانو جب چلتی تھی تو دائیں پاؤں کو اُٹھاتی اور بائیں کو گھسیٹتی تھی۔ اس بے ربطی سے وہ ربط پیدا ہوتا تھا جس کی وجہ سے لوگ گُل بانو کو دیکھے بغیر پہچان لیتے تھے۔

عورتیں اندر کوٹھے میں بیٹھی ہوتیں اور صحن میں قدموں کی یہ منفرد چاپ سُنائی دیتی تو کوئی پکارتی! ادھر آ جا ماسی گُل بانو، ہم سب یہاں اندر بیٹھے ہیں۔ اور ماسی کا یہ معمول سا تھا کہ وہ دہلیز پر نمودار ہو کر اپنی ٹیڑھی میڑھی لاٹھی کو دائیں سے بائیں ہاتھ میں منتقل کر کے دائیں ہاتھ کی انگشتِ شہادت سے اپنی ناک کو دہرا کرتے ہوئے کہتی، ہائے تو نے کیسے بھانپ لیا کہ میں آئی ہوں۔ سبھی بھانپ لیتے ہیں۔ سبھی سے پوچھتی ہوں پر کوئی بتاتا نہیں۔ جانے میں تم لوگوں کو اتنی موٹی موٹی دیواروں کے پار بھی کیسے نظر آ جاتی ہوں۔

بس ماسی، چل جاتا ہے پتہ۔ پکارنے والی عورت کہتی، تم سے پہلے تمہاری خوشبو پہنچ جاتی ہے۔ اور گُل بانو مسکرانے لگتی۔

آج تک گُل بانو کو سچی بات بتانے کا حوصلہ کسی نے نہیں کیا تھا۔ دراصل اُس سے سب ڈرتے تھے اور اُس کے بارے میں عجیب عجیب باتیں مدتوں سے مشہور تھیں۔

ادھیڑ عمر کسان بتاتے تھے کہ انہوں نے ماسی گُل بانو کو ہمیشہ اسی حالت میں دیکھا ہے کہ ہاتھ میں ٹیڑھی میڑھی لاٹھی ہے اور وہ ایک پاؤں اُٹھاتی اور دوسرا گھسیٹتی دیواروں کے ساتھ لگی لگی چل رہی ہے۔ مگر گاؤں کے بعض بوڑھوں کو یاد تھا کہ گُل بانو جوان ہو رہی تھی تو اُس کی ماں مر گئی تھی باپ کھیت مزدور تھا۔ بیوی کی زندگی میں

تو تین تین مہینے تک دور دراز کے گاؤں میں بھٹک سکتا تھا مگر اب جوان بیٹی کو اکیلا چھوڑ کر کیسے جاتا۔ پھر جب وہ کماتا تھا تو جب بھی ایک وقت کا کھانا کھا کر اور دوسرے وقت پانی پی کر زندہ تھا مگر اب کیا کرتا۔ کٹائی کے موسم کو تو جبڑا بند کر کے گزار گیا مگر جب دیکھا کہ فاقوں سے گُل بانو نچڑی جا رہی ہے تو اگلے موسم میں وہ گُل بانو کو ساتھ لے کر دور کے ایک گاؤں میں فصلوں کی کٹائی کرنے چلا گیا۔

وہیں کا ذکر ہے کہ ایک دن اُس نے زمیندار کے ایک نوجوان مزارعے بیگ کو کھلیان پر کٹی ہوئی فصل کی اوٹ میں گُل بانو کی طرف بازو پھیلائے ہوئے دیکھا۔ اس گاؤں میں اسے ابھی چند روز ہوئے تھے۔ اس وقت اُس کے ہاتھ میں درانتی تھی اُس کی نوک بیگ کے پیٹ پر رکھ دی اور کہا کہ میں تیری انتڑیاں نکال کر تیری گردن پر ڈال دوں گا۔ پھر گُل بانو نے باپ کے درانتی والے ہاتھ کو اپنے ہاتھ سے پکڑ لیا اور کہا۔۔۔۔۔۔۔۔۔ ''بابا! یہ تو مجھ سے کہہ رہا تھا کہ میں تجھ سے شادی کروں گا اور میں کہہ رہی تھی کہ پھر مجھے پیار بھی شادی کے بعد کرنا۔ اس سے پہلے کرو گے تو خدا خفا ہو جائے گا۔۔''

تب باپ نے درانتی اپنے کندھے پر رکھ لی۔ گل بانو کو اپنے بازو میں سمیٹ لیا اور رونے لگا۔ پھر وہ بیگ سے برات لانے کی بات پکی کر کے گاؤں واپس آ گیا۔ برات

سے تین روز پہلے گل بانو کو مایوں بٹھا دیا گیا اور اُسے اتنی مہندی لگائی گئی کہ اُس کی ہتھیلیاں سُرخ، پھر گہری سُرخ، اور پھر سیاہ ہو گئیں اور تین دن تک آس پاس کی گلیاں گل بانو کے گھر سے اُڈتی ہوئی مہندی کی خوشبو سے مہکتی رہیں۔ پھر رات کو تاروں کی چھاؤں میں برات کو پہنچنا تھا، اور دن کو لڑکیاں گل بانو کی ہتھیلیوں کو مہندی سے تھوپ رہیں تھیں کہ دور ایک گاؤں سے ایک نائی آیا۔ اور اس نے گل بانو کے باپ کو بتایا کہ کل زمیندار ہرن کے شکار پر گیا تھا اور بیگ اُس کے ساتھ تھا۔ جنگل میں زمیندار کے پرانے دشمن زمیندار کی تاک میں تھے اُنھوں نے اُس پر حملہ کر دیا اور بیگ اپنے مالک کو بچانے کی کوشش میں مارا گیا۔ آج جب میں وہاں سے چلا تو بیگ کی ماں اپنے بیٹے کی لاش کے سر پر سہرا باندھے اپنے بال نوچ نوچ کر ہوا میں اُڑا رہی تھی۔

گل بانو تک یہ خبر پہنچی تو یوں چپ چاپ بیٹھی رہ گئی جیسے اُس پر کوئی اثر ہی نہیں ہوا۔ پھر جب اُس کے پاس گیت گانے والیاں سوچ رہی تھیں کہ ماتم شروع کریں یا چپکے سے اُٹھ کر چلی جائیں، تو اچانک گل بانو کہنے لگی: ''کوئی عید کا چاند دیکھ رہا ہو اور پھر ایک دم عید کا چاند کنگن کی طرح زمین پر گر پڑے تو کیسا لگے؟ کیوں بہنو! کیسا لگے؟''

اور وہ زور زور سے ہنسنے لگی اور مسلسل ہنستی رہی۔ ایسا لگتا تھا کہ کوئی اُس کے پہلوؤں میں مسلسل گدگدی کئے جا رہا ہے۔ وہ اتنا ہنسی کہ اس کی آنکھوں میں آنسو آ گئے اور

پھر وہ رونے لگی اور اُٹھی اور مہندی سے تھُپی ہتھیلیاں اپنے گھر کی کچی دیوار پر زور زور سے چھر رچھر رر گڑنے لگی اور چیخنے لگی۔ جب تک اُس کے باپ کو لڑکیاں بلاتیں اس کی ہتھیلیاں چھل گئی تھیں اور خون اُس کی کہنیوں پر سے ٹپکنے لگا تھا۔ پھر وہ بے ہوش ہو کر گر پڑی صبح تک اسے محرقہ بخار ہو گیا۔ اسی بخار کی غنودگی میں اس کی دائیں ٹانگ رات بھر چارپائی سے لٹکی رہی اور ٹیڑھی ہو گئی۔ پھر جب اس کا بخار اترا تو اس کے سر کے سب بال جھڑ گئے اس کی آنکھیں جو عام آنکھوں سے بڑی تھیں اور بڑی ہو گئیں اور اُن میں دہشت سی بھر گئی۔ پھٹی پھٹی میلی میلی آنکھیں، ہلدی سا پیلا چہرہ، اندر دھنسے ہوئے گال، خشک کالے ہونٹ اور اُس پر گنجا سر۔ جس نے بھی اُسے دیکھا، آیت الکرسی پڑھتا ہوا پلٹ گیا۔ پورے گاؤں میں یہ خبر گشت کر گئی کہ اپنے منگیتر کے مرنے کے بعد گل بانو پر جن آگیا ہے اور اب جن نہیں نکلا گل بانو نکل گئی ہے، اور جن بیٹھا رہ گیا ہے۔

یہیں سے گل بانو اور جنوں کے رشتے کی بات چلی۔ ساتھ ہی انہی دنوں اُس کا باپ چند روز بیمار رہا اور اپنے دُکھوں کی گٹھڑی گل بانو کے سر پر رکھ کر دوسری دنیا کو سدھار گیا۔ باپ کی بیماری کے دنوں میں گل بانو ہاتھ میں باپ کی ٹیڑھی میڑھی لاٹھی لے کر چند بار حکیم سے دوا لینے گھر سے نکلی، اور جب بھی نکلی بچے اُسے دیکھ کر بھاگ نکلے۔

اسے گلی سے گزرتا دیکھ کر مسجد میں وضو کرتے ہوئے نمازیوں کے ہاتھ بھی رُک گئے۔ اور حکیم نے بھی ایک لاش کو اپنے مطب میں داخل ہوتا دیکھ کر گھبراہٹ میں اُسے نہ جانے کیا دے ڈالا کہ اُس کا باپ ایڑیاں رگڑ رگڑ کر مر گیا۔ سنا ہے مرتے وقت اُس نے نہ خدا رسول کا نام لیا نہ کلمہ پڑھا بس کفر بکتا رہا کہ اچھا انصاف ہے! یہ خوب انصاف ہے تیرا!!!!

قریب کا کوئی رشتہ دار پہلے ہی نہیں تھا دور کے رشتہ دار اور بھی دور ہو گئے۔ مگر اللہ نے گل بانو کی روزی کا عجیب سامان کر دیا۔ وہ جو پتھر کے اندر کیڑے کو بھی اُس کا رزق پہنچاتا ہے، گل بانو کو کیسے بھولتا۔ سو یوں ہوا کہ باپ کی موت کے تین دن بعد وہ ایک کھاتے پیتے گھر میں اس ارادے سے داخل ہوئی کہ پاؤ دو پاؤ آٹا ادھار مانگے گی۔ اُس وقت سب گھر والے چولہے کے ارد گرد بیٹھے کھانا کھا رہے تھے۔ گل بانو کو دیکھتے ہی سب ہڑبڑا کر اُٹھے اور کھانا وہیں چھوڑ کر مکان میں گھس گئے۔ گل بانو جو اس سے پہلے بچوں کی خوفزدگی کے منظر دیکھ چکی تھی، سمجھ گئی اور مسکرانے لگی۔ یوں جیسے کسی بے روزگار کی نوکری لگ جائے۔ مکان کی دہلیز پر جا کر وہ کچھ کہنے لگی تھی کہ گھر کی بہو

نے جس کا چہرہ فق ہو رہا تھا، اُس کے ہاتھ پر پانچ روپے رکھ دئیے۔ گل بانو ایکا ایکی ہنسی کہ سب گھر والے ہٹ کر دیوار سے لگ گئے پھر وہ ہنستی ہوئی واپس آ گئی۔

کہنے والے کہتے ہیں کہ اُس روز وہ دن بھر اور رات بھر ہنستی رہی اور کئی باریوں بھی ہوا کہ گل بانو کے گھر کا دروازہ باہر سے بند ہوتا تو جب بھی لوگوں نے گھر کے اندر سے اُس کے قہقہوں کی آواز سُنی۔

پھر گل بانو کے بال بھی اُگ آئے چہرہ بھی بھر گیا رنگ بھی چمک اُٹھا اور آنکھیں جگمگانے لگیں۔ مگر اُس کی ذات سے جو خوف وابستہ ہو گیا تھا اُس میں کوئی کمی نہ آئی

- - - -

اُنہی دنوں وہ مشہور واقعہ ہوا کہ جب چُھٹی پر آئے ہوئے ایک نوجوان نے اس عجیب سی لڑکی کو گلی میں تنہا دیکھا تو سیٹی بجا دی اور گل بانو اُٹھی قدموں پر رک گئی جیسے اس کے پاؤں میں سیٹی نے بیڑی ڈال دی ہو۔ نوجوان نے سیٹی کا اتنا فوری اور شدید اثر پہلے کبھی نہیں دیکھا تھا۔ وہ لپکا اور گل بانو کا بازو پکڑ کر اپنی طرف کھینچا، مگر پھر چیخنے لگا کہ مجھے بچاؤ، میں جل رہا ہوں۔ اگر گل بانو اُس کے منہ پر تھوک نہ دیتی تو وہ راکھ کی مٹھی بن کر اُڑ جاتا۔ کہتے ہیں لوگ جب نوجوان کو اُٹھا لے گئے تو جب بھی گل بانو دیر تک گلی میں تنہا کھڑی رہی اور اُس کے ہونٹ ہلتے رہے۔ اور اُس رات گاؤں میں خوفناک

زلزلہ آیا تھا جس سے مسجد کا ایک مینار گر گیا تھا اور چیختے چلاتے پرندے رات بھر اندھیرے میں اُڑتے رہے تھے اور مُرغوں نے آدھی رات ہی کو بانگیں دے ڈالیں تھیں۔

گل بانو کی زندگی کے چند معمولات مقرر ہو گئے تھے۔ سورج نکلتے ہی وہ مسجد میں جا کر محراب کو چومتی اور مسجد کے صحن میں جھاڑو دے کر واپس گھر آ جاتی۔ وہاں سے ہاتھ میں ایک پرانا ٹھیکرا لئے نکلتی اور جھانے میراثی کے گھر آگ لینے پہنچ جاتی اور دن ڈھلے وہ ایک گھڑا اُٹھائے کنوئیں پر جاتی اور واپس آ کر آدھا پانی مسجد کے حوض میں انڈیل دیتی اور شام کی اذان سے پہلے ہی مسجد میں دیا جلانے آتی پھر گھر چلی جاتی اور صبح تک نہ نکلتی۔ دونوں عیدوں پر وہ چند کھاتے پیتے گھروں میں جا کر بس جھانکتی اُسے کچھ کہنے کی ضرورت ہی نہ تھی اُسے دیکھتے ہی اُس کے ہاتھ پر پانچ روپے رکھ دئیے جاتے۔ اور وہ چپ چاپ واپس آ جاتی۔ پھر ہر سال دونوں عیدوں کے چند دن بعد وہ اچانک غائب ہو جاتی اور جب پلٹتی تو اُس کے ہاتھ میں ایک پوٹلی سی ہوتی۔ جھانے میراثی کی بیوی کو اُس نے ایک بار بتایا تھا کہ وہ قصبے میں اپنے کفن کا کپڑا خریدنے گئی تھی مگر عام خیال یہ تھا کہ جنوں کے بادشاہ کو ملنے جاتی ہے۔

کچھ لوگ کہتے تھے کہ گل بانو کے قبضے میں جنات ہیں اور جو گھر اُس کے مطالبات پورے نہیں کرتا اس کے خلاف وہ اُن جنات کو بڑی بے رحمی سے استعمال کرتی ہے۔ مثلاً برسوں پہلے کی بات ہے، وہ ملک نورنگ خان کے ہاں بقر عید کی رقم لینے گئی تو ملک کا بی-اے پاس بیٹا عید منانے آیا ہوا تھا اُس نے یونہی چھیڑنے کے لئے کہہ دیا کہ دو اڑھائی مہینے کے اندر پہلی عید والے پانچ روپے اُڑا دینا تو بڑی فضول خرچی ہے اور ایسی فضول خرچی تو صرف نئی نئی دلہنوں کو زیب دیتی ہے۔ گل بانو نے یہ سنا تو ملک کے بیٹے کو عجیب عجیب نظروں سے گھورنے لگی سارا گھر جمع ہو گیا اور نوجوان کو ڈانٹنے لگا کہ تم نے ماسی کو کیوں چھیڑا، گل بانو کے ہاتھ پر پانچ کے بجائے دس روپے رکھے گئے مگر اس نے دس کا نوٹ آہستہ سے چولہانے کی حد بندی پر رکھ دیا اور چپ چاپ چلی آئی۔ اور پھر ہوا یوں کہ آدھی رات کو یہ نوجوان پلنگ سے گر پڑا مگر یوں گرا کہ پہلے یوں ہی لمبا لمبا چھت تک اُبھر گیا، پھر بجلی کی سی تیزی کے ساتھ تڑ سے زمین پر گرا چیخ ماری اور بے ہوش ہو گیا۔ ساتھ ہی یہ سلسلہ بھی شروع ہو گیا کہ ہر روز ملک نورنگ خان کی جوان بیٹی کی ایک لٹ کٹ کر گود میں آ گرتی۔ راتوں کو چھت پر بھاگتے ہوئے بہت سے قدموں کی اِدھر سے اُدھر دھب دھب ہوتی رہتی۔ دیواروں

پر سجی ہوئی تھالیاں کیلوں پر سے اُتر کر کمرے میں اُڑنے لگتیں اور دھڑ دھڑ جلتا ہوا چولہا چراغ کی طرح ایک دم بجھ جاتا۔

بعض لوگوں کا خیال یہ بھی تھا کہ ماسی گل بانو خود ہی جن ہے وہ گلیوں میں چلتے چلتے غائب ہو جاتی ہے۔ دروازے بند ہوتے ہیں مگر وہ صحن میں کھڑی دکھائی دے جاتی ہے، جب سارا گاؤں سو جاتا ہے تو ماسی گل بانو کے گھر میں سے برتنوں کے بجنے، بکسوں کے کھلنے اور بند ہونے، گھنگھریوں کے جھنجھنانے اور کسی کے گانے کی آوازیں یوں آتی رہتی ہیں جیسے کوئی گہرے کنوئیں میں گا رہا ہو۔ اور اگر پھر ماسی گُل بانو جن نہیں ہے تو وہ نوجوان جلنے کیوں لگا تھا جس نے ماسی کا بازو چھو لیا تھا۔ اور جو اپنی موت تک سردیوں کے موسم میں بھی صرف ایک چادر میں سوتا تھا اور وہ بھی صرف مچھروں سے بچنے کے لئے ورنہ اس چادر میں بھی اُسے پسینے آتے رہتے تھے۔

ابھی پچھلے دنوں کی بات ہے قادرے موچی نے چمڑا کاٹتے ہوئے اپنا انگوٹھا بھی کاٹ لیا۔ سب لوگوں کی طرح خود قادرے کو بھی یقین تھا کہ وہ بچپن میں ہم جولیوں سے شرط بد کر شام کے بعد ماسی گل بانو کے دروازے کو چُھو آیا تھا تو ماسی کے جنوں نے اب جا کر اُس کا بدلہ لیا ہے۔

دن کے وقت اکا دکا لوگ گل بانو کے ہاں جانے کا حوصلہ کر لیتے تھے اور جب بھی کوئی گیا یہی خبر لے کر آیا کے ماسی مصلے پر بیٹھی تسبیح پر کچھ پڑھ رہی تھی اور رو رہی تھی۔ البتہ شام کی اذان کے بعد ماسی گل بانو کے گھر کے قریب سے گزرنا قبرستان میں سے گزرنے کے برابر ہولناک تھا۔ بڑے بڑے حوصلہ مندوں سے شرطیں بدی گئیں کہ رات کو ماسی سے کوئی بات کر آئے مگر پانچ پانچ دس دس قتلوں کے دعویدار بھی کہتے تھے ہم ایسی چیزوں کو کیوں چھیڑیں جو نظر ہی نہیں آتیں۔ اور جو نظر آ بھی جائیں اور ہم برچھا اُن کے پیٹ میں اُتار بھی دیں تو وہ کھڑی ہنستی رہیں۔ اڑوس پڑوس کے لوگوں نے بڑے بڑے سجادہ نشینوں سے حاصل کیئے ہوئے تعویذ اپنے گھروں میں دبا رکھے تھے کہ وہ ماسی گل بانو کے ہاں راتوں رات جمع ہونے والی بلاؤں کی چھیڑ چھاڑ سے محفوظ رہیں۔ یہ گاتی، برتن بجاتی اور گھنگھریاں چھنکاتی ہوئی بلائیں!

گل بانو کی جناتی قوتوں کا اُس روز تو سکہ بیٹھ گیا تھا جب اُس نے گاؤں کی ایک لڑکی کے جن کو عجیب حکمت سے نکالا تھا۔ یہ جہانے میراثی کی جوان بیٹی تاجو تھی۔ بڑی شاخ و شنگ اور بے انتہا بڑ بولی۔ ماسی کو اس لڑکی سے بڑا پیار تھا ایک تو پورے گاؤں میں جہانے میراثی ہی کا گھر ایسا تھا جہاں آگ لینے کے سلسلے میں ماسی کا روز آنا جانا تھا۔ پھر جب تاجو ننھی سی تھی تو ماسی سال کے سال جب بھی شہر سے اپنا کفن خریدنے

جاتی تو تاجو کے لئے ایک نہ ایک چیز ضرور لاتی۔ ساتھ ہی تاجو جب ذرا بڑی ہوئی تو اُس کی آواز میں پیتل کی کٹوریاں بجنے لگیں۔ کئی بار ایسا ہوا کے ماسی نے گلی میں سے گزرتی ہوئی تاجو کا بازو پکڑا اور اپنے گھر لے گئی۔ دروازہ بند کر دیا، تاجو کے سامنے گھڑا لا کر رکھ دیا۔ خود تھالی بجانے بیٹھ گئی اور نمازوں کے وقفوں کو چھوڑ کر شام تک اُس سے جہیز اور رخصتی کے گیت سُنتی رہی اور ہنستے میں روتی رہی اور روتے میں ہنستی رہی۔

جب تاجو پر جن آئے تو لوگوں کو یقین ہو گیا کہ تاجو ان جنوں کو وہیں ماسی گل بانو کے ہاں سے ساتھ لگا لائی ہے۔ پھر جن اچھی آواز، اچھی صورت اور بھرپور جوانی پر تو عاشق ہوتے ہی ہیں۔ اور تاجو میں یہ سب کچھ تھا۔ اور وہ جنات کے گڑھ میں بیٹھی ان تینوں صفات کا مظاہرہ بھی کرتی رہی تھی۔ اُس پر ستم یہ کہ تاجو بلا کی طرار تھی اور جنات طرار لڑکیوں کی تو تاک میں رہتے ہیں۔

تاجو کی طراری کا یہ عالم تھا کہ ایک بار وہ لڑکیوں کے ایک جھرمٹ میں پانی بھر کر آ رہی تھی۔ ملک نورنگ خان کی چوپال کے قریب سے گزری تو کسی بات پر اس زور سے ہنسی جیسے کانسی کی گاگر پتھروں پر لڑھکتی جا رہی ہے۔ چوپال بھری ہوئی تھی ملک نورنگ خان کو میراثی کی ایک بچی کی یہ بے باکی بُری لگی۔ اُس نے کڑک کر کہا: ''اے تاجو! لڑکی ہو کر مردوں کے سامنے مردوں کی طرح ہنستے ہوئے شرم نہیں آتی؟'' اور

تاجو نے عجیب طرح معافی مانگی۔ وہ بولی! ملک جی، سرداریاں قائم! میری کیا حیثیت کے میں ہنسوں۔ پیر دستگیر کی قسم! میں جب ہنستی ہوں تو میں نہیں ہنستی، میرے اندر کوئی اور چیز ہنستی ہے!۔

اس پر ملک نورنگ خان نے پہلے تو حیران ہو کر اِدھر اُدھر لوگوں کی طرف دیکھا اور پھر بے اختیار ہنستے ہوئے کہا ''بالکل بلھے شاہ کی کافی کہہ گئی میراثی کی لونڈیا۔۔''

سو ایسی طرار لڑکی پر جن نہ آتے تو اور کیا ہوتا، جو آئے اور اس زور سے آئے کہ باپ نے اُسے چارپائی سے باندھ دیا۔ روتی پیٹتی بیوی کو اُس کے پہرے پر بٹھا دیا اور خود پیروں فقیروں کے پاس بھاگا۔ کسی نے تاجو کی انگلیوں کے درمیان لکڑیاں رکھ کر اُس کے ہاتھ کو دبایا کسی نے نیلے کپڑے میں تعویذ لپیٹ کر جلایا اور اُس کا دھواں تاجو کو ناک کے راستے پلایا۔ کسی نے تاجو کے گالوں پر اتنے تھپڑ مارے کہ اُس کے مساموں میں سے خون پھوٹ کر جم گیا۔ مگر تاجو کی زبان سے جن چلاتا رہا کہ میں نہیں نکلوں گا میں تو تمھاری پیڑھیوں سے بھی نہیں نکلوں گا۔

پھر کسی نے جھانے کو مشورہ دیا کہ جس نے تاجو کہ جنوں کے حوالے کیا ہے اُس سے بھی بات کر دیکھو۔ ماسی گل بانو سے بھی اس کا ذکر کرو، جھانا فوراً ماسی کے پاس پہنچا اسے اپنا دکھڑا سنایا اور منت کی میرے ساتھ چل کر تاجو کے جن نکال دو۔

ماسی بولی ''چھ سات سال پہلے تم نے اُس کی منگنی کی تھی اب تک شادی کیوں نہیں کی؟''

جہانے نے جواب دیا، کیا کروں ماسی! لڑکے والوں نے تو تین چار سال سے میرے گھر کی دہلیز گھِسا ڈالی ہے۔ پر اُس لڑکے کو اب تک کبڈی کا ڈھول بجانا نہیں آیا۔ وہ تو بس بوڑھے باپ کی کمائی سے طرے باندھتا ہے اور کان میں عطر کی پھریریاں رکھتا ہے تاجو کو تو وہ بھوکا مار دے گا۔

ماسی نے کہا! ''کچھ بھی کرے، تاجو کی فوراً شادی کر دو۔ جوانی کی انگیٹھی پر چپ چاپ اپنا جگر پھونکتے رہنا ہر کسی کا کام نہیں ہے۔ اور تمہاری تاجو تو بالکل چھلکتی ہوئی لڑکی ہے اُس کی شادی کر دو دولہا آیا تو جن چلا جائے گا۔''

اور بالکل ایسا ہی ہوا۔ جہانے کو لوگوں نے سمجھایا کہ ماسی جنات کی رگ رگ سے واقف ہے، اُس کے کہے پر عمل کر دیکھو۔ اُس نے دوسرے دن ہی شادی کی تاریخ مقرر کر دی اور جب چارپائی پر جکڑی ہوئی تاجو کے ہاتھوں میں مہندی لگائی جانے لگی تو اُس نے کلمہ شریف پڑھا اور ہوش میں آ گئی۔ جن نے دولہا کی آمد کا بھی انتظار نہ کیا وہ مہندی کی خوشبو سے ہی بھاگ نکلا۔

بے انتہا خوف اور بے حساب دہشت کے اس ماحول میں گل بانو کی غیر متوازن چاپ کا توازن بچوں اور نمازیوں تک کو چونکا دیتا تھا۔ ماسی گل بانو گلی میں سے گزر رہی ہے! ماسی گل بانو گھر سے نکلی ہے۔۔۔ ماسی گل بانو واپس جا رہی ہے۔۔۔۔ یہ سب کچھ برسوں سے ہو رہا تھا، مگر ہر روز یہ ایک خوفناک خبر بن کر پورے گاؤں میں گونج جاتا تھا۔

پھر مدتوں بعد ایک قطعی مختلف خبر نے گاؤں کو چونکا دیا۔ سورج نیزہ سوا نیزہ بلند ہو گیا جب خبر اُڑی کہ آج ماسی گل بانو مسجد کی محراب چومنے اور صحن میں جھاڑو دینے نہیں آئی۔ مسجد کی پچھلی گلی میں ایک ہجوم سا لگ گیا تو جھانے میراثی نے بتایا کہ آج وہ اس کے گھر میں آگ لینے بھی نہیں آئی۔ مگر ماسی کے پڑوسیوں نے گواہی دی کہ ہمیشہ کی طرح آج بھی رات کو گھرے کنوئیں میں سے کسی کے گانے کی آواز آتی رہی اور تھالیاں بجتی رہیں، اور گھنگریاں چھنکتی رہیں۔ پھر کسی نے آکر یہ بھی بتایا کہ کل دن ڈھلے ماسی گل بانو مسجد کے حوض میں آدھا گھڑا اُنڈیل رہی تھی تو اُس کے ہاتھ سے گھڑا گِر کر ٹوٹ گیا تھا اور وہ ٹھیکریاں سمیٹتی جاتی تھی اور روتی جاتی تھی۔ پھر معلوم ہوا کہ جب شام کو وہ مسجد میں دیا جلانے آئی تو صحن کے باہر جوتا اُتارتے ہوئے گِر پڑی۔

مگر اُٹھ کر اُس نے دیا جلایا اور واپس چلی گئی۔ اور جب وہ واپس جا رہی تھی تو رو رہی تھی۔

طے پایا کہ دن کا وقت ہے اس لئے تشویش کی کوئی بات نہیں ہے۔ سب لوگ اکٹھا ماسی گل بانو کے ہاں چلیں کہ خیریت تو ہے۔ آخر وہ آج گھر سے کیوں نہیں نکلی۔

اُس وقت جھکڑ چل رہا تھا، گلیوں میں مٹی اُڑ رہی تھی اور تنکے ننھے بگولوں میں چکرا رہے تھے۔ ہجوم مسجد کی گلی میں سے گزرا تو تیز جھکڑ نے مسجد کی بیری پر سے زرد پتوں کا ایک ڈھیر اتار کر ہجوم پر بکھیر دیا۔ عورتیں چھتوں پر چڑھ گئیں اور بچے ہجوم کے ساتھ ساتھ دوڑنے لگے۔

بالکل برات کا سا منظر تھا، صرف ڈھول اور شہنائی کی کمی تھی۔ بس ہجوم کے قدموں کی خش خش تھی یا تیز ہوا کے جھکڑ تھے۔ جو وقفے وقفے کے بعد چلتے تھے اور اُن کے گزرنے کے بعد صحنوں میں اُگی ہوئی بیریوں اور بکائنوں کی شاخیں یوں بے حس ہو جاتی تھیں جیسے مدتوں سے ہوا کے جھونکے کے لئے ترس رہی ہیں۔

ماسی گل بانو کے دروازے تک تو سب پہنچ گئے مگر دستک دینے کا حوصلہ کسی میں نہ تھا۔

''ماسی گُل بانو!''کسی نے پکارااور جھکڑ جیسے مُٹھیاں کراور دانت پیس کر چلا اُٹھا۔ ماسی کے گھر کا دروازہ یوں بجا جیسے اُس پر اندر سے ایک دم بہت سے ہاتھ پڑے ہیں۔ تیز ہوا دروازے کی جھریوں میں سے بہت سی تلوار بن کر نکل گئی۔ جھکڑ کے اس ریلے کے نکل جانے کے بعد ہجوم پر جیسے سکتہ طاری ہوگیا۔ پھر جہا نے میراثی نے ہمت کی وہ آگے بڑھا اور کواڑ کوٹ ڈالے۔ اور جب وہ پیچھے ہٹا تو اُس کے چہرے پر پسینہ تھا اور اُس کے ناخن زرد ہورہے تھے۔

پھر ہجوم کو چیرتی ہوئی تاجو آئی اور ماسی کے دروازے کی ایک جھری میں سے جھانک کر بولی ''ماسی کے کوٹھے کا دروازہ تو کھُلا ہے!''

''ماسی گُل بانو!۔۔۔۔۔۔۔۔''پورا ہجوم چلایا، مگر کوئی جواب نہ آیا۔ اب کے جھکڑ بھی نہ چلا کہ سناٹا ذرا ٹوٹتا۔ صرف ایک ٹیڑھا میڑھا جھونکا بے دلی سے چلا اور یوں آواز آئی جیسے ایک پاؤں کو گھسیٹتی ہوئی ماسی گُل بانو آرہی ہے۔

بہت سے لوگوں نے ایک ساتھ کواڑ کی جھری سے جھانکا، اور پھر سب کے سب ایک ساتھ جیسے سامنے سے دھکا کھا کر پیچھے کھڑے ہوئے لوگوں پر جا گرے۔۔۔۔۔۔

''ماسی گل بانو آرہی ہے۔۔۔۔۔۔۔۔''سب نے کہا!

اب کے تاجو دروازے سے چمٹ گئی اور باپ نے اُسے وہاں سے کھینچ کر ہٹایا تو اُس کی ایسی حالت ہو چکی تھی جیسے جن آنے سے پہلے اُس پر طاری ہوا کرتی تھی۔

پھر دروازے پر کچھ ایسی آواز آئی جیسے اندھیرے میں کوئی اُس کی زنجیر تک ہاتھ پہنچانے کی کوشش کر رہا ہے۔ اچانک زنجیر کُھلی، مہندی کی خوشبو کا ایک ریلہ سا اُمڈا۔ سامنے کوئی کھڑا تھا، مگر کیا یہ ماسی گُل بانو ہی تھی؟

اُس نے سرخ ریشم کا لباس پہن رکھا تھا۔ اُس کے گلے میں اور کانوں میں اور ماتھے پر وہ زیور جگمگا رہے تھے جو آج کل بازاروں کی پٹڑیوں پر بہت عام ملتے ہیں۔ اُس کے بازو کہنیوں تک چوڑیوں سے سجے ہوئے تھے اور اُس کے ہاتھ مہندی سے گُلنار ہو رہے تھے۔

ماسی گُل بانو دلہن بنی کھڑی تھی ---------------

''تمھیں تو شام کے بعد تاروں کی چھاؤں میں آنا چاہیے تھا''

ماسی گُل بانو ایک عجیب سی آواز سے بولی۔ یہ ماسی گُل بانو کی اپنی آواز نہیں تھی۔ یہ اُس کے اندر سے کوئی بول رہا تھا، اور وہ گاؤں کے اس ہجوم سے مخاطب نہیں تھی وہ برات سے مخاطب تھی۔

''ماسی!'' تاجو نے ہمت کی اور ایک قدم آگے بڑھایا۔

ماسی گل بانو کی نظریں تاجو پر گڑ گئیں اُس نے تاجو کو پہچان لیا تھا۔ ساتھ ہی اُس کی آنکھوں میں کچھ ایسی لوٹ سی پھیل گئی جیسے وہ سمجھ گئی ہے کہ اُس کے دروازے پر برات نہیں آئی ہے۔ پھر اُس کے ہاتھ سے لاٹھی چھوٹ گئی، اُس نے دروازے کو اپنے ہاتھوں کی ہڈیوں سے جکڑنے کی کوشش کی مگر پھر دروازے پر ڈھیر ہو گئی۔

ہجوم کی دہشت ایک دم ختم ہو گئی۔ لوگ آگے بڑھے اور ماسی گُل بانو کو اُٹھا کر اندر لے گئے۔

پورا کوٹھا مہندی کی خوشبو سے بھرا ہوا تھا۔ چارپائی پر صاف ستھرا کھیس بچھا تھا، چار طرف رنگ رنگ کے کپڑے اور برتن پیڑھیوں اور کھٹولوں پر دلہن کے جہیز کی طرح سجے ہوئے تھے۔ ایک طرف آئینے کے پاس کنگھی رکھی تھی، جس میں سفید بالوں کا ایک گولہ سا اٹکا ہوا تھا۔ ماسی کو صاف ستھرے کھیس پر لٹا دیا گیا اور اُسے اُسی کے ریشمی ڈوپٹے سے ڈھانک دیا گیا۔

تب پیتل کی کٹوریاں سی بجنے لگیں، زار زار روتی ہوئی تاجو، دلہن کی رخصتی کے گیت گانے لگی اور ہجوم جنوں کی طرح چیخ چیخ کر رونے لگا۔

***

الجھن

رات آئی، خیر کیلیۓ ہاتھ اٹھائے گئے اور اس کے بیاہ کا اعلان کیا گیا۔۔۔۔۔۔۔۔ وہ لال دوپٹے میں سمٹی ہوئی سوچنے لگی کہ اتنا بڑا واقعہ اتنے مختصر عرصے میں کیسے تکمیل تک پہنچا، وہ تو یہ سمجھے بیٹھی تھی کہ جب برات آئے گی تو زمین اور آسمان کے درمیان الف لیلہ والی پریوں کے غول ہاتھوں میں ہاتھ ڈالے، پروں سے ملائے بڑا پیارا سا ناچ ناچیں گے، بکھرے ہوئے تارے ادھر ادھر سے کھسک کر ایک دوسرے سے چمٹ جائیں گے اور ٹمٹماتے ہوئے بادل کی شکل اختیار کر لیں گے، اور پھر یہ بادل ہولے ہولے زمیں پر اترے گا، اس کے سر پر آ کر رک جائے گا اور اس کے حنا آلود انگوٹھے کی پوروں کی لکیریں تک جھلملا اٹھیں گی، دنیا کے کناروں سے تہنیت کے غلغلے اٹھیں گے اور اس کے بالیوں بھرے کانوں کے قریب آ کر منڈ لائیں

گے۔۔۔۔۔۔ وہ تو یہ سمجھتی تھی کہ یہ دن اور رات کا سلسلہ صرف اس کے بیاہ کے انتظار میں ہے، بس جونہی اس کا بیاہ ہو گا، پورب پچھم پر ایک مٹیالا سا اجالا چھا جائے گا۔۔۔۔۔ جسے نہ دن کہا جا سکے گا اور نہ ہی رات۔۔۔۔۔۔ بس جھٹپٹے کا سا سماں رہے گا قیامت تک اور جونہی برات اس کے گھر کی دہلیز الانگے گی یہ سارا نظام کھلکھلا کر ہنس دے گا اور تب سب لوگوں کو معلوم ہو گا کہ آج گوری کا بیاہ ہے۔

لیکن بس برات آئی، لمبی لمبی داڑھیوں والوں نے آنکھیں بند کر کے دعا کیلئے ہاتھ اٹھائے، شکر اور تل تقسیم کیئے گئے اور پھر اسے ڈولی میں دھکا دے دیا گیا، ڈھول چنگھاڑنے لگے، شہنائیاں بلکنے لگیں، گولے بھونکنے لگے اور وہ کسی ان دیکھے، ان جانے گھر کو روانہ کر دی گئی۔

ڈولی میں سے بہت مشکل سے ایک جھری بنا کر اس نے میراثیوں کی طرف دیکھا، کالے کلوٹے بھتنے، میال ڈھول اور مری ہوئی سنپولیوں کی سی شہنائیوں، نہ بین نہ باجہ نہ تو نتنیاں نہ انٹوں کے گھٹنوں پر جھنجناتے ہوئے گھنگرو، نہ گولے نہ شرکنیاں، جیسے کسی کی لاش قبرستان لے جا رہے ہوں۔

ہاں وہ لاش ہی تو تھی اور یہ ڈولی اس کا تابوت تھا، سفید کفن کے بجائے اس نے لال کفن اوڑھ رکھا تھا اور پھر یہ نتھ، بلاق، جھومر، ہار۔۔۔۔۔۔۔۔۔۔

بالیاں۔۔۔۔۔۔۔۔۔ یہ قبر والے بچھو اور کنکھجورے تھے، جو اسے قدم قدم پر ڈس رہے تھے۔

ڈولی کے قریب بار بار ایک بوڑھے کی کھانسی کی آواز آ رہی تھی، شاید وہ دولہا کا باپ تھا۔۔۔۔۔۔۔۔ پھر جس دولھا کا باپ پل پل بھر بعد بلغم کے اتنے بڑے بڑے گولے پٹاخ سے زمین پر دے مارتا ہے، وہ خود کیسا ہوگا۔۔۔۔۔۔۔۔ ہائے ری۔

وہ رو دی، وہ اس سے پیشتر بھی روئی تھی، جب اس کی ماں نے اسے گلے سے لگایا اور سرگوشی کی۔۔۔ میری لاڈلی گوری۔۔۔ تیری عزت ہماری عزت ہے، تو اب پرائے گھر جا رہی ہے، بڑے سلیقے سے رہنا ورنہ ناک کٹ جائے گی، ہماری۔۔۔۔۔۔۔۔ یعنی اس کی ماں کو اس موقعہ پر بھی اپنی ناک کی فکر ہوئی بھٹی میں دانہ اسپند ڈال دیا جائے۔۔۔۔ ماں کو اس کے دل کی پرواہ نہ تھی، اس وقت دکھاوے کی خاطر وہ روئی بھی، سسکیاں بھی بھری، گلووان کے دوپٹے سے آنسو بھی پونچھے، پر اس نے رونے میں کوئی مزا نہ تھا، یہاں ڈولی میں اس کی آنکھوں میں نمی تیری ہی تھی کہ اس کے روئیں روئیں میں ہزاروں خفتہ بے قراریاں جاگ اٹھیں۔۔۔۔۔۔۔۔ شہنائیاں اس کا ساتھ دیتی رہیں، ڈھول پٹتا رہا، جب ڈولی دولھا کے گھر پہنچی تو ایک گولہ چھوٹا جیسے کسی بیمار کو مری مری چھینک آئے، اسے اپنی

سہیلی نوری پر بہت غصہ آیا جو بیاہ کے گیت گانے میں تاک سمجھی جاتی تھی اور جس نے ایک بار گوری کو چھیڑنے کیلیئے بھرے مجمع میں ایک گیت گایا تھا۔

عطر پھلیل لگالے ری گوری

سیج بلائے توئے

گوری نے ڈولی سے باہر قدم رکھا ہی تھا کہ آنگن سے اس پار تک روئی کی ایک پگڈنڈی سی بچھادی گئی، اس کی ساس اس سے یوں لپٹ گئی جیسے گوری نے شراب پی رکھی ہوں، اور ساس کو اس کے لڑکھڑانے کا خوف دامن گیر ہے، گوری نرم نرم روئی پر چلی تو اسے یونہی شک گزرا کہ واقعی یہ واقعہ تھا تو بڑا، اس کا اپنا اندازہ غلط تھا، آخر اتنی ملائم روئی صرف اسی لئے تو خاک پر نہیں بچھائی گئی تھی، کہ اس کے مہندی رہے پاؤں میلے نہ ہوں، پر جونہی اس نے اس شبہ کو یقین میں بدلنا چاہا تو اچانک اس کے پاؤں زمیں کی سخت ٹھنڈی سطح سے مس ہوئے اور سراب کی چمک ماند پڑگئی۔۔۔۔۔۔۔۔

روئی ختم ہو چکی تھی۔

اب سے سخت سزا بھگتنا پڑگئی، اسے ایک کونے میں بیٹھا دیا گیا، اس حالت میں کہ اسکا سر جھک کر اس کے گھٹنوں کو چھو رہا تھا اور اس کے گلے کا ہار آگے لٹ کر اس کی تھوڑی سے لپٹا پڑا تھا، گاؤں والیاں آنے لگیں، اکنی چونی اس کے مردہ ہاتھ میں

ٹھونس دی اور گھونگھٹ اٹھا اٹھا کر بٹر بٹر اس چہرے کو گھورا جانے لگا۔۔۔۔ جیسے لاش کے چہرے سے آخری دیدار کی خاطر کفن سرکا دیا جاتا تھا۔۔۔

سارا دن اس کی ناک کے بانسے، اس کی پلکوں کے تناؤ، اس کے ہونٹوں کے خم، اس کے نام اور اس کے رنگ، اس کی اتنی بڑی نتھ اور جھومر اور بالیوں کے متعلق تذکرے کیئے گئے، اور جب سورج پچھم کی طرف لٹک گیا تو اس کے آگے چوری کا کٹورا ادھر دیا گیا، اس کی ساس ناک سڑ سڑاتی اس کے پاس آئی اور بولی لے میری رانی کھالے چوری؟۔۔۔۔۔۔۔۔۔ جیسے نئے نئے طوطے کو پچکارا جاتا ہے، اسے ایک بار خیال آیا کہ کیوں نہ نئے طوطے کی طرح لپک کر اس کی ناک کاٹ لے، مگر اب اس نے ایک اور موضوع پر بولنا شروع کر دیا تھا، کیا کروں بہن عجیب مصیبت ہے، جی آتا نگوڑی ناک کو کاٹ کر پھینکوں، بہ چلی جا رہی ہے، اتنی چھینکیں آتی ہیں، بہن اور اتنی بڑی چھینکیں کہ اللہ قسم انتڑیاں کھینچ جاتی ہیں، ادھر میرے لال کا بھی یہی حال ہے، پڑا چھینکتا ہے پلنگ پر، اور اس کا باپ تو کھانس کر ادھ موا ہو رہا ہے۔

گوری کا جی متلا گیا۔۔۔

پرے کونے میں دبکی ہوئی ایک بڑھیا نے اپنے زخم کا تذکرہ چھیڑ دیا، چھینک آتی بھی ہے اور نہیں بھی، بس یوں منہ کھولتی ہوں اور کھولے رکھتی ہوں، اور چھینک پلٹ

جاتی ہے اور دماغ میں وہ کھلبلی مچتی ہے کہ چاہتی ہوں چولھے میں دے دوں اپنا سر۔۔۔

عام شکایت ہے دوسری بولی۔۔۔

پہلی نے اپنی بینگن جیسی ناک کو صادر تلے چھپا کر کہا، پر میں تو سمجھتی ہوں یہ آفت صرف مجھ پر پڑی ہے، اوروں کو زکام ہوتا ہے کہ دماغ میں کھلبلی ہوئی، چھینک آئی اور جی خوش ہوگیا، یہاں تو یہ حال ہے کہ زکام کی فکر الگ اور چھینک کی الگ۔۔۔

اور خدا جانے کیا بات ہوئی کہ گوری کو بھی چھینک آگئی اس کی سانس اور اوسان خطا ہو گئے، تجھے بھی چھینک آگئی، اے ہے، اب کیا ہوگا، نئی نویلی دلہن کو اللہ کرے کبھی چھینک نہ آئے، بنفشے کا کاڑھا بنا لاؤں؟ پر اس صدی میں تو بنفشے کا اثر ہی ختم ہوگیا، گرم گرم چنے ٹھیک رہیں گے وہ یہ کہ تیزی سے اٹھی تو چادر پاؤں میں الجھ گئی، ہڑبڑا کر پرلے کونے میں بڑھیا پر جا گری، وہ بے چاری چھینک کو دماغ سے نوچ پھینکنے کی کوشش میں تھی کہ یہ نئی آفت ٹوٹی تو اس کہ منہ سے کچھ ایسی آواز نکلی جیسے گیلا گولا پھٹتا ہے۔

ہڑبونگ مچی تو گوری سب کے دماغ سے اتر گئی اور جب کچھ سکون ہوا تو بوڑھی نائن کولھوں پر ہاتھ رکھے اندر آئی اور گوری کے پاس بیٹھ کر بولی۔۔

اے ہے میری رانی، ابھی تک چوری نہیں کھائی تونے؟ نوج ایسے لاج بھی کیا؟ ان دلہنوں کو کیا ہو جاتا ہے، دو دو دن ایک کھیل بھی اڑ کر نہیں جاتی پیٹ میں اور منہ مچوڑے بیٹھی ہے۔

جی نہیں چاہتا۔

جی چاہتا ہے اندر سے، پر یہ نگوڑی لاج نیا گھر۔۔۔۔۔۔۔۔ نئے لوگ پر گوری رانی میں تو تیری وہی پرانی نائن ہوں، جانے کے بار مینڈھیاں بنائیں، کے بار کنگھی کی، وہ ایک بار تیرا بندا اٹک گیا تھا بالوں میں، تو چلائی تو گھر بھر مچل اٹھا، بڑی بوڑھیوں کا جمگھٹ ہو گیا، کوئی بندے کو مروڑ رہی تھی، کوئی بالوں کی لٹیں کھینچ رہی تھی اور تو گلاب کا پھول بنی جا رہی تھی۔

دکھ سے، میں آئی بالوں کی ایک لٹ کو ادھر اٹھایا، ایک لٹ کو ادھر کھسکایا اور بندا اپنی جگہ پر آ گیا، یاد ہے نہ؟۔۔۔۔۔۔۔ پر تو چوری کیوں نہیں کھاتی؟ یہ بھی کوئی بات ہے۔۔۔۔۔۔۔ اور نائن نے گوری کا گھونگھٹ اٹھا کر کٹورا آگے بڑھا دیا۔

گوری کو تو جیسے آگ لگ گئی، چوری کھائی تو ہیٹی ہو سب کہیں چار دن سے بھوکی تھی، بھوکے کے گھر سے آئی ہے۔۔۔۔۔۔۔۔۔ اور اگر ہاتھ اٹھا کر کٹورے کو پرے ڈھکیلتی ہے تو چوڑیاں بجتی ہیں، یہ کم بخت بلور کی چوڑیا جن کے چھناکے میں چھریاں تیز

کیئے جانے کی آواز تھی، بڑی بوڑھیاں کہنیوں تک ٹھونس دیتی ہیں چوڑیاں اور پھر ساتھ ہی یہ بھی کہتی ہیں کہ آواز نہ آئے زیور کی، لوگ بے شرم کہیں گے۔۔۔

گوری پہلے تو بت بنی بیٹھی رہی لیکن جب نائن نے کٹورا اتنا آگے بڑھا دیا کہ وہ اس کے چولے کو چھونے لگا تو وہ ضبط نہ کر سکی، سرگوشی سے بھی کہیں مدھم آواز میں بولی، میں نہیں کھاؤں گی، کیوں نہیں کھائے گی؟ نائن نے اب گوری کا گھونگھٹ اٹھا کر اپنے سر پر ڈال لیا تھا، کیوں نہیں کھائے گی؟ میں کھلا کے چھوڑوں گی، تو نہیں کھائے گی تو میں بھی نہیں کھاؤں گی، ہاں پر تو تو ضرور کھائے گی، یہ دیکھ میں کھا رہی ہوں، دیکھ نا گوری دلہن۔۔۔۔۔ اس نے چوری مٹھی بھری اور پوپلے میں ٹھونس کر بولی اب کھا بھی لے گوری رانی۔

میں نہیں کھاؤں گی، گوری نے یہ الفاظ کچھ اونچی آواز میں کہے اور گھونگھٹ کھینچ کر دیوار سے لگ گئی، چوڑیاں بجیں تو عورتیں منمنانے لگیں۔

نئی نویلی دلہنوں کو پہلے دن کبھی بولتے نہ سنا تھا۔

اور پھر ایک جگہ جم کر بیٹھی ہی نہیں، تڑپ رہی ہے پارے کی طرح۔

اس صدی کے بیاہ کیا ہوتے ہیں مداری کھیل دکھاتا ہے۔

ہم نے دیکھی ہیں دلہن، ایک ایک مہینہ نہیں بولیں کسی سے۔۔۔۔۔۔ ایک ایک مہینہ۔۔۔۔

مجھے تو اور کسی کی بات یاد نہیں، یہ سامنے نائن بیٹھی ہے ہماری، دس دن تک منہ میں گھنگھنیاں ڈالے بیٹھی رہی، گیارہویں دن زبان بھی ہلائی تو بس اذان کے بعد کلمہ پڑھا۔

نائن یوں ہنسنے لگی جیسے ٹین کے ڈبے میں کنکر ڈال کر اسے لڑھکا دیا جائے، بولی کسی سے غلط بات سنی تو نے، میں نے تو جیسے ہی نئے گھر میں قدم دھرا اور ساس نے سہارا دیا تو بلبلا اٹھی تھی، کیا لپٹی پڑتی ہے مجھ کو، میں کوئی لنڈوری چڑیا تو تھوڑی ہوں کہ اڑ جاؤں گی پھر سے، یہیں رہنے آئی ہوں یہیں رہوں گی، ساس اپنا سا منہ لے کر رہ گئی اور میں نے اسی روز دن ڈھلے سہیلیوں سے گیٹیاں کھیلی۔

کون گیٹیاں کھیلی، گوری کی ساس دامن میں چنے ڈالے اندر آئی۔۔۔ دلہن کے ساتھ گیٹیوں کی باتیں کی جاتی ہیں؟ اتنی عمر گزر گئی، سینکڑوں بار دایہ بنی پر بات کرنے کا ڈھب نہ آیا تجھے۔۔۔ بھونے ہوئے چنوں کی خوشبو سے کمرہ مہک گیا، لیکن شادی کے روز سسرال میں پہلے پہل چنوں سے فاقہ توڑنا برا شگون تھا اس لئے گوری اپنے

آپ کو اس نئے حملے سے محفوظ رکھنے کی کوشش کرنے لگی، نائن کا بازو چھوا اور جب وہ اس کے بالکل قریب ہو گئی تو آہستہ سے بولی مجھے نیند آئی ہے۔

گوری کی ساس نے نائن سے پوچھا کیا کہتی ہے؟

نائن ناک پر انگلی رکھ کر بولی کہتی مجھے نیند آئی ہے؟۔۔۔۔۔ اور پھر ٹین کے ڈبے میں کنکر بجنے لگے۔۔۔ میری رانی نیدن کی بھی ایک ہی کہی تو نے۔۔۔۔۔ تیری نیند۔۔۔۔ دلہن کی نیند۔۔۔۔۔۔ اب میں کیا کہوں؟ گلے میں پھندا پڑا ہے۔

یہاں گوری کی ساس نے رحمت کے فرشتے کا روپ دھار لیا بولی، اے رہنے بھی دے بات بات پر دانت نکال رہی ہے، نائن ہو تو سلیقے والی ہو یہ بھی کیا ادھر بات ہوئی ادھر منہ پھاڑ کر حلق کا کوا دکھا دیا، اتنا نہیں سوچا کہ دن بھر کی تھکن ہے۔۔۔۔ سوچا میری گوری رانی۔۔۔۔ پر یہ چپنے۔

اونہک گوری ایک طرف جھک گئی اور قریب ہی بیٹھی ہوئی ادھیڑ عمر کی ایک عورت گھٹنوں پر ہاتھ رکھ کر بولی۔ بڑی لاڈلی دلہن ہے۔۔۔

سب عورتیں باہر نکل گئیں مگر گوری کی آنکھوں میں نیند کہاں آج تو نیند کی جگہ کاجل نے لے لی ہے، آنکھیں جھپکاتی رہی اور سوچتی رہی، واہ رے میرے پھوٹے بھاگ یہی بیاہ ہے تو واری جاؤں کنوارے پن پے، کیا زمانہ تھا کون سی بات یاد کروں، کس

کس کو یاد کرو، وہ ساون کی چھم چھم میں کڑے نیم کے ٹہنے میں جھولنا۔ جھولا آگے لپکتا ہے تو ٹھنڈی پھوار دھو ڈالتی ہے، جھولا پیچھا ہٹتا ہے، تو خوشبو میں بسی ہوئی لٹیں چہرے کو پونچھ ڈالتی ہیں، آس پاس کا جھرمٹ بھیگی بھیگی ڈھولک کی میٹھی میٹھی آواز اور نوری کا نرس بھرا گیت۔۔۔

موہے ساون کی رم جھم بھائے رے۔۔

بھیا کے کانوں میں سونے کی مرکی۔۔

پھول پہ تتلی آئے رے۔۔۔۔

موہے ساون کی رم جھم بھائے رے۔۔

اور پھر اسی شریر نویر کے کھلے آنگن میں چرخے کی گھوں گھوں، گورے گورے ہاتھ پونیاں تھامے اوپر ابھرتے ہیں، تکتے سے باریک تار لپٹتا ہے تو ایسا لگتا ہے جیسے تار پونی سے نہیں نکلا، گوری کی ہتھیلی سے نکلا ہے، اور پھر عید کے دن ملنگ سائیں کا میلہ، وہ اتری ڈھیروں پر پروا کے جھونکوں میں لچکتی ہوئی گھاس۔۔۔۔۔ وہ گونجتے ہوئے دن اور چپ چاپ راتیں اور یہ نئی زندگی جینا اجیرن ہو رہا تھا، ہاتھ پاؤں ہلاؤں تو بے حیا اور لاڈلی ٹھہروں، اجنبی عورتوں کا ہجوم کوئی کھانستی ہے، کوئی چھینکتی ہے، کوئی پڑوسن کا گلہ کرتی ہے، کوئی میرے لونگ کے کناروں کو بھدا بتاتی ہے، نہ ساون

کی رم جھم کے گیت، نہ الف لیلہ کی کہانیاں، نہ ہم سنوں کی چھیلں، اس سے تو یہی اچھا تھا کہ ماں باپ مجھے کسی کگر سے دکھا دے دیتے، یہ سانسوں کی ڈوری ٹوٹ جاتی، چین آ جاتا، کیسے مذاق کرتی تھی مجھ سے نوری، تو بیاہی جائے گی، دلہن بنے گی مہندی رچائے گی، دودھ پیئے گی، چوری کھائے گی اور نوری کو اپنے من سے نکال دے گی۔۔۔۔۔ بے چاری بھولی نوری۔۔۔۔۔ نادان سہیلی۔۔۔۔ تجھے کیا معلوم بیاہ کی رونق صرف دکھاوا ہے، پھوڑے کی طرح۔۔۔۔۔ اوپر سے گلابی اندر سے پیپ بھرا۔۔۔۔۔ اف۔۔۔

گوری گھبرا کر اٹھی بیٹھی، چوڑیاں بجیں تو ساس اندر دوڑی آئی اس کے بعد ایک عورت۔۔۔ دوسری عورت۔۔۔ پھر تیسری عورت۔۔۔۔ اور وہی دم گھونٹ دینے والی حرکتیں اور باتیں، گوری نے چاہا نادان بچوں کی طرح مچل جائے بلک بلک کر رونے لگے، بھاگ کر باہر آنگن میں لوٹنے لگے، زیور اتار پھینکے کپڑوں کی دھجیاں اڑا دے اور آنکھوں پر دھول بھرے ہاتھ مل مل کر سسکیاں بھرے اور کہے، میں تو سب سے تھک گئی ہوں، تم الف لیلہ والی دیونیاں ہو، تمہاری کھانس کی ٹھن ٹھن تمہارے قہقہوں کی کرختگی بہت ڈراؤنی بہت گھناؤنی ہے، مجھے اکیلا چھوڑ دو میں ناچنا اور گانا چاہتی ہوں۔

۔۔۔۔۔۔۔۔ تب گوری کے دل میں خیال آیا نہ ہوئی نوری اس وقت ورنہ یوں زور ست گلے لگاتی اسے کم بخت کی پسلیاں پٹاخے چھوڑنے لگتیں۔

وہ خدا جانے اور کیا سوچتی مگر ساس اور نائن اور دوسری کم بختیں پھر وہی گھس پٹی باتیں کرنیں لگیں، جہیز کی کیا پوچھتی ہو بہن، سارا گھر دے ڈالا گوری کو، ایسے ایسے کپڑے کہ دیکھے میلیے ہوں، وہ وہ زیور کہ آنکھیں چندھیا جائیں، پلنگ کے پانے نہیں دیکھے تم نے؟ نیچے سے شنگرفی اور اوپر سے اتنے سفید جیسے چاند اتر کر جڑ دیئے ہیں، اصل میں میرا بیٹا ہے ہی قسمت والا۔۔

اور نائن بولی کیا سجیلا گبرو ہے۔ آن نائی کہہ رہا ہے میں کپڑے پہنانے دولہا کو گھر آؤں گا شانے پر ہاتھ پھیرا تو جیسے فولاد اور چہرے پر وہ نور کہ تارے بغلیں جھانکیں۔۔۔۔ پر میں ابھی ابھی اسے ڈیوڑھی میں کھڑے دیکھا، اس زکام کا برا ہو، پھول سا چہرہ یوں ہو رہا تھا۔۔۔۔ اور نائن نے اپنی سفید چادر کا پلو سب کے آگے پھیلا دیا۔

گوری کیلیئے یہ موضوع بھی دلچسپی سے خالی تھا، نائن جھوٹ بولتی ہیں اکثر، پر وہ سجیلا ہے بھی تو کیا، حالت تو یہ ہے کہ چار پہر سے اس کے گھر میں بیٹھی ہوں اور اس نے شکل تک نہیں دکھائی، وہیں ڈیوڑھی میں پڑا چھینکتا ہے، بے ترس۔

بڑی دیر کے بعد شام آئی، عورتیں چلی گئیں اور اس نے ہاتھ پاؤں پھیلا کر بازو تانے، زیور سے لدے پھندے سر کو دھیرے سے جھٹکایا اور باہر دیکھا، اس کی ساس اور نائن سامنے کے کمرے سے باہر آتی تھیں اور اندر گھس جاتی مرجھائی ہوئی بانہوں میں تانبے کے کنگن اور پیتل کی چوڑیاں جیسے کھانس رہی تھی، جوتیاں چرڑ چرڑ چیخ رہی تھیں اور وہ کل دار گڑیوں کی طرح مٹکتی پھر رہی تھیں۔

کچھ دیر بعد گاؤں والیاں گیت گانے اور سننے آئیں تو ان کے ہمراہ نوری بھی آئی گوری کے قریب بیٹھ گئی اور اس کے کان میں بولی آج تو بات تک نہیں کرتی بہن، اور پھر آنکھیں مٹکا کر گنگنے لگی۔

دلہن کا بولنا گناہ ہے اور پھر گوری تو ان اللہ والیوں کو ذکر بھی سن چکی تھی جنہوں نے ایک ایک ماہ چپ شاہ کا روزہ رکھا، اس لیئے اس نے بولنا مناسب نہ سمجھا بس دھیرے سے نوری کے پہلو میں کہنی جڑ دی، اور نوری تڑپ کر بولی، لے کے کلیجہ ہلا دیا میرا، کیوں نہ ہو، بیاہ جو ہو گیا تیرا، ہو لینے دے ہمارا بیاہ، تیرے گھر کے پاس سے گزریں گے تو ناک بھوں چڑھا کر آگے بڑھ جائیں گے غرور سے پلٹ کر دیکھیں گے بھی نہیں، کر لے مان گھڑی کی بات ہے۔

گوری کی زبان میں سوئیاں سی چبھ گئیں، جب تک گیت گائے جاتے رہے وہ نوری کو اور نوری کے نقرئی بندوں کو دیکھتی رہی اور سوچتی رہی کہ، کنوارے پنے کے ساتھی، بندے کیسے بھلے لگتے ہیں گلابی کانوں میں، اور ایک میرے کان ہیں کہ کیڑوں ایسی پتلی پتلی بالیوں سے پٹے پڑے ہیں، نوری سر ہلاتی ہے تو یہ بندے تاروں کی طرح ٹمٹماتے ہیں اور جب پلٹ کر ادھر ادھر دیکھتی ہے تو بندے انگوروں کا گچھا بن جاتے ہیں۔۔۔۔۔۔ سوچتے سوچتے اس کا ماتھا دھوپ میں پڑی ہوئی ٹھیکری کی مانند تپ گیا اور جب سب ناچنے لگیں اور نوری نے ڈھولک کے ارد گرد گھوم کر ایک گایا۔۔۔

جاری سہیلی اب جا۔۔۔۔ تو ہے پیا بلاوے۔

چاندی کی جھیلوں کے پار رے

سونے کے ٹیلوں کے پار رے

جاری سہیلی اب جا۔۔۔۔ تو ہے پیا بلاوے

تو گوری نے دیوار سے سر ٹیک کر روکنا چاہا کہ ذرا جی ہلکا ہو جائے تو مگر آج تو آنکھوں میں ہر چیز کی جگہ کاجل نے لے لی تھی، نہ نیند نہ آنسو بس کاجل ہی کاجل اچھا بیاہ ہوا۔۔۔ یہ بھی خوب رہی۔

جب سب چلی گئیں اور آنگن سونا ہو گیا تو دولہا کا باپ کھانستا ہوا آیا اور ایک طرف سے حقہ اٹھا کر چلتا بنا، نائن ہاتھ ملتی اٹھی اور بولی، آ میری بچی ادھر پلنگ پر آ جا، نیند آ رہی ہوگی تجھے اور پھر گوری کی بغلوں میں ہاتھ ڈال کر نائن نے اسے یوں کھینچا جیسے لاش کو اٹھا رہی ہے، گوری پاؤں گھسٹی کمرے میں آئی، رنگین پائے والے پلنگ پر دھم سے گری اور چھم سے لیٹ گئی، نائن بولی بیٹی زیور تو اتار لے، نتھ وتھ کہیں اٹک گئی تو مشکل بنے گی۔۔۔۔۔۔ نہیں اٹکتی گوری بولی۔۔۔ میں خود اتار لوں گی۔۔

نائن نے آگے بڑھ کر پھر اس کی بغلوں میں دونوں ہاتھ جما دئیے، نہیں نہیں بیٹی یہ برا شگون ہے، زیور اتارنے ہی پڑتے ہیں، ایک بار ایک دلہن نے تیری طرح۔۔۔۔۔۔۔۔۔

لیکن نائن اپنی کہانی شروع کرنے ہی پائی تھی کہ گوری زیور نوچنے لگی اور پھر فورا دھڑام سے پلنگ پر گر گئی، ٹین کے ڈبے میں کنکر بج اٹھے نائن بولی یہ بھی خوب رہی نائن چلی گئی اور گوری دانت پیس کر رہ گئی۔

جیسے بہت سے تاگے آپس میں الجھ جائیں تو انہیں سلجھانے کی کوشش اور الجھنیں پیدا کر دیتی ہے بالکل یہی کیفیت تھی گوری کے ذہن کی۔ بیاہ کا پہلا دن بس بن کر اس کے سینے پر سوار تھا، کہ اچانک چر سے دروازہ کھلا گوری چونک گئی، ارے۔

میں سمجھتی تھی نائن جھوٹ بکتی ہے، اس نے گھونگھٹ کی شکنوں میں سے کنکھیوں سے نووارد کو دیکھتے ہوئے سوچا، یہ میرا دولہا ہے یا لال بادشاہ۔

بھونچال سا آگیا اس کی طبیعت میں، چیختی ہوئی آندھیوں، کڑکتے ہوئے بادلوں، لڑھکتی ہوئی چٹانوں اور ٹوٹے ہوئے ٹھنوں میں لپٹا ہوا ذہن یہاں سے وہاں اچھلنے لگا سنبھل کر بیٹھنا چاہا تو پلنگ کے پائے تک کھسک گئے۔

دولہا مسکراتا رہا اور پھر پلنگ پر بیٹھ کر بولا اگر تم کچھ اور پرے کھسکتیں تو پلنگ سے گر جاتی۔

گوری خاموش رہی۔

دولہا نے اس کا ہاتھ پکڑ لیا اور بولا، سنا کچھ۔

اور یکایک آندھیاں تھم گئیں اور بادلوں نے چپ سادھ لی، گوری کے جسم میں جھرجھری سی دوڑ گئی، ذہن یوں صاف ہو گیا جیسے اس نے کڑکتی دھوپ میں لیموں کا یخ شربت غٹ غٹ چڑھا لیا ہو، انگڑائی آئی تو بانہیں نہ تان سکی، بس اندر ہی پیچ پیچ کر رہ گئی اور پھر ہاتھ چھڑا کر ذرا پرے کھسکنے کی کوشش کرنے لگی۔

پلنگ سے گر جاؤ گی گوری۔ دولہا بولا۔

آپ کی بلا سے۔ گوری نے جیسے اپنے ذہن کا سارا بوجھ اتار کر پرے جھٹک دیا۔

اگر تم گر گئیں تو تکلیف مجھے ہوگی دولہا بولا۔

گوری شرما گئی اور بے تعلق سا سوال کر بیٹھی، زکام کا کیا حال ہے۔

سرک گیا ہے اس وقت، دولہا مسکرایا اور پھر خاموشی کے ایک طویل وقفے میں گوری کی اٹھتی اور گرتی ہوئی نظروں سے بہت سی باتیں کر لیں اور جب آنگن کے پرلے سرے پر اپنے ڈربے میں ایک مرغی کڑکڑائی تو دولھا نے کہا کوئی بات کرو گوری۔

تم ہی کوئی بات کرو، گوری پہلی مرتبہ مسکرادی۔

کیا بات کروں؟

کوئی کہانی وہانی سناؤ، گوری جیسے اپنے آپ سے باتیں کر رہی ہو۔

کہانی۔۔۔۔۔۔۔۔کیسی کہانی؟ دولھا نے پوچھا۔

کوئی پریوں وریوں کی کہانی، گوری کھل کر بولنے کے باوجود سمٹی جا رہی تھی۔

مجھے تو صرف لال بادشاہ اور سبز پری کی کہانی آتی ہے، دولھا مسکرایا۔

وہی سہی، گوری نے انگلی میں سنہری انگوٹھی کو گھماتے ہوئے کہا۔

دولھا نے تکئے پر کہنی ٹیک دی۔ تو پھر سنو، پر ذرا قریب ہو کر سننا۔۔۔۔۔ یوں۔۔۔ جہاں زمین ختم ہو جاتی ہے نا وہیں ایک نگری ہے، جسے لوگ نیند کی نگری

کہتے ہیں، اس نگری پر ایک بادشاہ راج کیا کرتا تھا، اسکا نام تھا لال بادشاہ بڑا خوبصورت، بڑا ہنس مکھ بہت بانکا، بہت سجیلا۔

تمہاری طرح، گوری کا بستر کی چادر پر انگلی پھرتے ہوئے یوں بولی جیسے کانسی کے کٹورے سے چھلا مس کر گیا ہو۔

دولہا ہنس دیا اور گوری کی لال لال پوروں کو اپنی دودھ ایسی پوروں سے ٹٹول کر بولا تو کرنا خدا کیا ہوا گوری کہ ایک دن لال بادشاہ شکار کھیلنے ایک جنگل میں جا نکلا اور۔۔۔۔۔۔۔۔

ابھی کہانی نصف تک پہنچی تھی، ابھی لال بادشاہ نے سبز پری کا ہاتھ اپنے ہاتھ میں ہی لیا تھا کہ دروازے کی جھریوں سے صبح کاذب جھانکی، دولہا چونک کر بولا، ارے صبح ہو گئی۔

نہیں شام ہو گئی، گوری نہ بھولے سے کہا۔

اچھل کر دولہا نے دروازہ کھولا پلٹ کر مسکرایا اور باہر نکل گیا اور گوری نے اتنی لمبی انگڑائی لی جیسے پورب سے انگڑائی لیتی ہوئی صبح کا منہ نوچ لے گی، تکیے میں سر جما کر کہنے لگی ہائے رے نوری بہن تو کتنی ابھاگن ہے، پڑی ہو گی ٹوٹے کھٹولے پر گٹھڑی بن کر۔۔۔۔۔ اور یہاں تیری گوری شنگرفی پایوں والے پلنگ پر۔۔۔۔۔ مہندی کی

خوشبو سے بسے ہوئے کمرے میں۔۔۔۔۔ اپنے بانکے سجیلے دولہا سے۔۔۔۔۔

اف، کتنی سچی باتیں کہتی تھی تو؟

اس نے مسکرا کر دئیے کی پیلی روشنی میں اپنی لال ہتھیلیاں دیکھیں اور اپنے تپے ہوئے چہرے پر ہاتھ مل کر بولی، کاش اس وقت یہاں نوری ہوتی۔۔۔۔۔۔ یا کوئی آئینہ ہی ہوتا؟

***

ماﻣتا

پنجاب سے مجھے برطانیہ کے ایک افسر نے بھرتی کیا اور چین کے ایک جزیرے ہانگ کانگ بھیج دیا، جہاں چینی بستے تھے اور انگریز گورنر راج کرتا تھا۔ مدتوں سے ہانگ کانگ پولیس کے لیے پنجاب سے سپاہیوں کے گروہ کے گروہ توبر آمد کیۓ جاتے ہی تھے۔ لیکن اب ادھر یورپ میں ہٹلر نے جنگ چھیڑ دی تھی اور انگریز وہاں بہت عدیم الفرصت ہو رہا تھا، اس لیے ہانگ کانگ پولیس کے لیے پنجابی نوجوانوں کی مانگ دگنی ہو گئی تھی۔ میں کچھ ایسے گٹھے ہوئے جسم کا جوان نہیں ہوں۔ فوجی بھرتی میں کئی بار منہ کی کھائی ہے۔ مگر اب کے ڈاکٹر نے میری باہر نکلی ہوئی پسلیوں سے نظریں بچا کر میرے لمبے قد کی تعریف کی اور کہا کہ اتنے دراز قد نوجوان سپاہی کو دیکھتے ہی چینی بالشتیے دہل کر مر جائیں گے۔ ہانگ کانگ پولیس میں چھ فٹ سے کم قد کے نوجوانوں کو بھیجنا بہت بڑی سیاسی غلطی ہے اور اس سیاسی غلطی کی تصحیح کا جذبہ ہانگ کانگ لے آیا۔

میں نے پرانے ہانگ کانگی سپاہیوں سے سن رکھا تھا کہ ہانگ کانگ میں بڑے مزے ہیں۔ ہر اس ملک میں پولیس کے مزے ہیں جس پر کوئی دوسرا ملک راج کرتا ہے اور ہانگ کانگ تو پولیس کی جنت ہے۔ پستہ قد گدا گر چینی عورتوں کو سڑکوں اور بازاروں کی پٹڑیوں سے بھگا دو اور جب ان کی گودوں میں سے ان کے بچے پاؤں سے جوتوں کی طرح نکل جائیں تو ان کو گندے چیتھڑے کی طرح چٹکی سے پکڑ کر ان کی ماؤں کی طرف اچھال دو اور پولیس ہیڈ کوارٹر میں آ کر اس روپہلی خدمت کی سنہری سند حاصل کر لو۔

کولون اور اصل چین کی سرحد پر آنے والے چینی مسافر کی تلاشی لو اور اس کا بوجھ ہلکا کر کے اسے پھر چین میں دھکا دے دو۔ لیکن جب ہمارا جہاز سنگا پور پہنچا تو ایک مدراسی نے ہوائی اڑا دی کہ ادھر مشرقی سمندروں میں بھی جنگ ہونے والی ہے۔ جہاز کے انگریز کپتان نے یہ افواہ سنی تو اس کی آنکھوں میں خون اتر آیا۔ غلط افواہ پھیلانے کے جرم میں مدراسی جہازی کو ملازمت سے برطرف کر دیا اور سنگا پور ہی میں انگریز پولیس کے حوالے کر دیا۔۔۔ تاکہ افواہ زیادہ نہ پھیلنے پائے۔

جب ہم ہانگ کانگ پہنچے تو فضا سرگوشیوں میں چھلکتی معلوم ہوئی۔ جنگ ہونے والی ہے، جنگ ہونے والی ہے۔ پھٹی پھٹی آنکھوں میں زبانیں پیدا ہو گئی تھیں اور لوگ یوں تیورا تیورا کر چلتے تھے جیسے قدم قدم پر ان کے سینے کے اندر ہی گولی چل جاتی

ہے۔ ہانگ کانگ اور کولون کی بل کھاتی سڑکوں کی پٹڑیوں پر بیٹھے ہوئے چینی پناہ گزین افق کی طرف یوں تکتے رہتے تھے جیسے طیاروں کے انتظار میں ہیں۔ ان کے پھٹے ہوئے ہونٹوں اور اچٹتی ہوئی پپڑیوں میں ایک ہی سوال کلبلا رہا تھا، ''جو کچھ ہونے والا ہے وہ ایک دم سے کیوں نہیں ہو چکتا۔''

بھوکے پیاسے چینی بچوں کے ہجوم روٹی کی تلاش میں سڑکوں پر مارے مارے پھرتے تھے۔ ایک انگریز حکمران نے انتظامیہ کے ایک اجلاس کے دوران میں یہاں تک کہہ دیا تھا کہ اتنے بہت سے بچوں کا کفیل ہونا حکومت کا فرض نہیں۔ جن بچوں کے ماں باپ زندہ ہیں ان کے گلے میں کتوں کی طرح پٹے ہونے چاہئیں اور گلے میں پٹے کے بغیر جو لڑکا دکھائی دے اسے کولون کی سرحد پر لے جا کر اصلی چین میں دھکا دے دینا چاہیے۔ پولیس کے لیے پیدل سیر کرنے والے صاحب لوگوں کی آسائش کی خاطر پٹڑیاں صاف رکھنے کا کام سخت دشوار ہو رہا تھا۔ مورچے کھد رہے تھے۔ پناہ گاہیں تعمیر ہو رہی تھیں۔ عمارتوں کے حسن کو ریت کی بوریوں نے چھپا لیا تھا۔ یوں معلوم ہوتا کہ سارے کا سارا ہانگ کانگ زیر تعمیر ہے۔

کہتے ہیں ایک زمانے میں ہانگ کانگ کی روشنیاں جب سمندر میں ڈبکیاں لگاتی تھیں اور پھر جب پانی ان روشنیوں کو اوپر انہی روشنیوں کی طرف اچھال دیتا تھا تو پرانے بوسیدہ

جسموں میں بھی انگڑائی کی اینٹھن رینگنے لگتی تھی۔ مگر اب ہانگ کانگ اور کولون کا درمیانی سمندر ساری دنیا کے اندھیرے کا منبع معلوم ہوتا تھا۔ اس وقت میں دن کی تربیتی پریڈ سے تھک ہار کر بیرک میں چارپائی پر لیٹے ہوئے ادھر ادھر کی مزے مزے کی باتیں سوچنے کی کوشش کرتا، مگر اندھیرے اور سناٹے کی دہشت میرے کانوں میں بمباروں کی بھنبھناہٹ بن کر گونجتی اور میں اپنی ماں کو یاد کر کے رو دیتا۔

دن کو بھی جب میں لوگوں کی پتھرائی ہوئی آنکھیں اور فق چہرے دیکھتا تو یوں محسوس کرتا تھا جیسے یہ سب کے سب اپنی مائیں کھو بیٹھے ہیں اور انہی کی تلاش میں سرگرداں ہیں۔ مجھے بار بار اپنی ماں یاد آتی تھی مگر دن کے ہنگاموں میں اس تصور سے بار بار کترا کر نکل جانے میں کامیاب ہو جاتا البتہ رات کو یہ تصور میرے ذہن میں اور میری آنکھوں سے چمٹ کر رہ جاتا اور میں تکیے میں منہ چھپا کر بچوں کی طرح روتا رہتا۔

ماں نے مجھے ہانگ کانگ آنے سے روکا تھا اور کہا تھا، ''ہانگ کانگ تو وہاں ہے جہاں سے آگے سنا ہے دھرتی ختم ہو جاتی ہے۔ بیٹا تم دلی کلکتہ میں ہوتے تو میں تمہیں خوابوں میں ٹٹول لیتی، پر تم تو ہانگ کانگ جا رہے ہو۔ تمہارے میرے درمیان سمندر اور پہاڑ کھڑے ہو جائیں گے اور پھر میرے لال، لام اگر ادھر بھی ہونے لگی اور تمہارے دشمنوں پر بھی کوئی آنچ آ گئی تو بتاؤ میں یہاں اس اجڑے پجڑے گاؤں میں

کس کے ہاتھ کا سہارا لے کر اٹھوں گی۔ نہ جاؤ میرے بیٹے، مجھے بھوکوں زندہ رہنا آتا ہے۔ میں سوچتی ہوں، وہاں تمہارے کپڑے کون دھوئے گا؟ تمہارے بالوں میں تیل کون ڈالے گا؟ تمہاری آنکھ میں سے گری ہوئی پیک کون نکالے گا؟ تمہارے چولے کے بٹن کون ٹانکے گا؟ اور پھر پچھلے سال کی طرح تمہارے دشمنوں کو نمونیا ہو گیا، تو؟ پچھلے سے پچھلے سال کی طرح، میری زبان کو ئلہ ہو جائے، اگر تمہارے دشمنوں کے آدھے سر میں درد اٹھا تو تمہاری کنپٹیوں میں روغن بادام کون ملے گا؟ نہیں بیٹا نہ جاؤ چلو میرے گھٹنے سے لگ کر بیٹھ جاؤ۔ بھوکوں مریں گے پر اکٹھے تو مریں گے اور بیٹا تم ہانگ کانگ میں ہوئے اور ادھر میں مر گئی تو میری قبر میں تمہارے حصے کی مٹھی بھر مٹی کون ڈالے گا۔ جو مولوی جی کہتے ہیں ماں کی قبر اندھیرے میں جھولی بھر ستاروں کی طرح چمکتی رہتی ہے، بتاؤ!''

لیکن میں چلا آیا تھا اور جب آتے وقت میں نے ماں کی طرف دیکھا تو اس کے چہرے کی کوئی جھری ایسی نہ تھی جس میں آنسو ندی بن کر پھیل نہ گئے ہوں۔ آنسوؤں میں ڈوبا یہ چہرہ جیسے میری پتلیوں میں گھس گیا تھا۔ رات کو بیرک میں مجھے اس فق چہرے کے سوا اور کچھ نظر نہ آتا تھا اور پھر میں ماں کی جمی ہوئی نظروں سے ڈرنے لگتا اور حواس باختہ ہو کر اس سے سرگوشی کرتا تھا، ''ماں تمہاری پلکیں جھپکتی ہی نہیں۔ تمہاری

پتلیاں تو ہلتی ہی نہیں، تم کیسے دیکھ رہی ہو ماں!'' اور یہ سوال میں اس لیے پوچھتا تھا کہ مجھے میری ماں چینی پناہ گزینوں کی طرح افق کی طرف تکتی نظر آتی تھی۔ جہاں سے کہتے ہیں ایک منٹ میں ایک ہزار بم برسانے والے ہوائی جہازوں کو نمودار ہونا تھا۔

اور پھر ایک دن یہ نظریں افق پر جمی رہ گئیں۔ بمبار کسی اور سمت سے آ نکلے۔ پیانو اور آرگن کی صداؤں میں لپٹا ہوا ہانگ کانگ بموں کے دھماکوں سے بلبلا اٹھا۔ طیارہ شکن توپیں چند مرتبہ بھونکیں اور پھر گردنیں نہوڑا کے تھکے اژدہوں کی طرح پلٹ گئیں۔ بجلی اور تار کے اکھڑے ہوئے کھمبے بلندی پر سے پٹخنیاں کھاتے ہوئے گرے اور سڑکوں پر بکھرے ہوئے، پناہ گزینوں کا بھیجہ چاٹتے ہوئے ساحل پر بکھر گئے۔ شہروں کی عمارتوں نے اپنی جگہ بدل لی۔ دیواروں کے ملبے باغیچوں میں آن گرے تو باغیچے کی جھاڑیاں ہال کمرے میں بکھر گئیں۔ ڈیوٹی پر کھڑے ہوئے ایک پنجابی سپاہی کے پیٹ میں بم کا ایک سپلنٹر پیوست ہو گیا۔ انتڑیاں باہر نکل آئیں، موت کے کرب میں اس نے چند بل کھائے تو اس کی انتڑیاں اس کی گردن میں پھنس گئیں اور ایک انگریز افسر نے بموں کے خوف سے بے نیاز ہو کر اس کی تصویر اتار لی۔

ہم غیر تربیت یافتہ سپاہیوں کو پناہ گاہوں میں دھکیل دیا گیا۔ جہاں انگریز بچے اور انگریز مائیں تک ''ممی ممی'' کراہ رہی تھیں۔ ایک بوڑھی انگریز عورت پناہ گاہ کے

دروازے کے پاس سے ہر چہرے کو پڑھتی ہوئی آگے بڑھنے لگی۔ اس کی آنکھوں میں آنسو تلے کھڑے تھے اور وہ ایک ہاتھ سے ٹھوڑی کے نیچے لٹکتی ہوئی جھلی کو مسلے جا رہی تھی اور جب وہ آخری چہرہ پڑھ چکی تو ''میرا بیٹا'' کہہ کر دھم سے گر پڑی اور ہم سب کے منہ لٹک گئے۔

جاپانیوں کے آنے میں زیادہ دیر نہ لگی۔ وہ آئے اور قابض ہو گئے اور میں جو پنجاب سے ہانگ کانگ میں پولیس کا سپاہی بننے آیا تھا جنگی قیدی بنا دیا گیا۔ اس روز میں خوب خوب رویا۔ مجھے کچھ ایسا لگتا تھا جیسے میں اپنی زندگی کی عزیز ترین متاع یعنی اپنی ماں کو کھو بیٹھا ہوں، جیسے جنگ نے میری بانہوں سے میری ماں کو کھسوٹ لیا ہے، جیسے اب تک میں ہانگ کانگ میں اپنی ماں کے پہلو میں بیٹھا تھا مگر اب اس کی لاش کو دفن کر کے خالی ہاتھ رہ گیا ہوں۔ باوجود ہزار کوشش کے اب ماں کا فق چہرہ بھی میرے سامنے نہیں ابھرتا تھا۔ اس چہرے کے مانوس نقوش دھندلا گئے تھے، ہر طرف جیسے غبار اڑنے لگا تھا۔

چند روز تک اسی کیفیت میں قیدیوں کے باڑے میں بند پڑا رہا۔ میرا بند بند ٹوٹ چکا تھا اور جسم بالکل کھوکھلا ہو گیا تھا۔ کبھی بھولے سے سر ہلایا تو کچھ ایسا محسوس ہوا جیسے ایک پتھر ایک کان سے لڑھک کر دوسرے کان سے ٹکرا گیا ہے۔ بعض اوقات پھیپھڑوں

میں سانس جاتی تھی اور وہیں کی ہو رہتی تھی اور میں سینے پر گھونسا مار کر دوسری سانس لے پاتا تھا۔

مگر جلد ہی میں اس قید سے مانوس ہو گیا اور پھر جاپانیوں سے مانوس ہونے میں تو مجھے کوئی دیر نہ لگی۔ میری قمیص کے بٹن ٹوٹ گئے تھے۔ ایک دن ایک جاپانی سے میں نے ایک بٹن کی بھیک مانگی تو اس نے میرے سینے کے بالوں کا ایک گچھا ایک جھٹکے سے توڑ کر میرے ہاتھ میں دے دیا اور کہا ''اسے باندھ لو'' ٹوٹے ہوئے بالوں کی جڑوں میں سے پھوٹتے ہوئے خون نے جاپانیوں سے مانوس ہونے کی پہلی منزل طے کرا دی۔ حکم ملا کہ سب قطار میں کھڑے ہو جاؤ۔ حکم دینے والا جاپانی افسر الٹے قدموں پیچھے ہٹا تو ایک چھوٹے سے گڑھے نے اسے لڑکھڑا دیا، اس کی ٹوپی گر پڑی اور عینک کا ایک بازو کان سے ہٹ کر لٹکنے لگا۔ میرے قریب کھڑا ہوا سربلند مسکرا دیا۔ ''مسکراتا ہے؟'' ایک جاپانی افسر نے سوال کیا اور پھر ایک گولی سن سے آئی، سربلند کی پسلیوں کو توڑتی باہر نکل گئی۔ ایک لمحے کے لیے میں مر گیا۔ پھر جب جاپانیوں کو بے تحاشا ہنستے سنا تو ہوش آیا ہنسی کی وجہ بھی سمجھ میں آ گئی۔ گولی سربلند کے جسم سے نکل کر اس کے عقب میں کھڑے ہوئے وارث کے پیٹ میں گھس گئی تھی اور سربلند پیچھے گرا تھا تو وارث منہ کے بل گرا تھا اور موت کے کرب میں دونوں نے ایک

دوسرے کے جسم نوچ ڈالے تھے اور وارث کی موت جاپانیوں کے لیے لطیفہ بن گئی تھی۔

اس روز سے ہم سب نے ایکا ایکی جاپانیوں سے مانوس ہونے کی آخری منزل طے کر لی۔ حکم ملے تو مسکراؤ حکم ملے تو نظریں اٹھاؤ۔ حکم ملے تو خشک گلے تر کرنے کے لیے منہ کا لعاب نگلو اور اگر حکم نہ ملے تو مٹی کے مادھو کی طرح جس انداز اور جس رخ سے کھڑے ہو کھڑے رہو اور پھر میں جینے کے معاملے میں بہت لالچی ہو گیا تھا۔ میں ہر قیمت پر جینا چاہتا تھا کہ کبھی تو جنگ ختم ہوگی، کبھی تو کوئی جہاز مجھے اپنے سینے پر بٹھا کر سنگاپور سے گزرتا ہوا ہگلی میں داخل ہوگا اور ریل گاڑی مجھے کلکتے سے پنجاب لے جائے گی، جہاں میں اپنی ماں کے گھٹنے سے لگ کر بیٹھ جاؤں گا اور قیامت تک یونہی بیٹھا رہوں گا۔ جینے کے اسی لالچ کے سبب میں نے جاپانیوں کے حضور میں کبھی کوئی گستاخی نہیں کی۔

کافی دنوں تک ہم ہانگ کانگ ہی میں اپنے نئے حاکموں کی خدمت بجا لاتے رہے۔ ہم ایسے سدھ گئے تھے کہ ہم نے سرکس والے ہاتھیوں کو مات کر دیا تھا۔ ایک روز ہمیں ایک جاپانی افسر نے بتایا کہ ہانگ کانگ کے قریب ہی ساحلی جزیروں میں سے ایک چھوٹے سے جزیرے پر سو ڈیڑھ سو چینی مچھیروں نے جاپانی سرکار کے خلاف

ایک محاذ بنا لیا ہے اور اب وہ ہانگ کانگ تک چھاپا مارنے کی سوچ رہے ہیں۔ ان کی گوشمالی کے لیے ہانگ کانگ سے جاپانی فوجیوں کا ایک دستہ بھی جانے والا تھا۔ جس میں وفادار اور تابعدار قسم کے قیدیوں کو بھی جانا تھا۔ ظاہر ہے اس دستے میں میرا نام سر فہرست تھا۔ رات دو بجے ہم سب ایک دخانی کشتی پر سوار ہوئے۔ آج ہوا معمول سے زیادہ خنک ہو رہی تھی اور میری قمیض کے کھلے گریبان میں جیسے اولے سے بھر گئے تھے۔

ایک دوسرے میں گھستے سمٹتے ہم منہ اندھیرے اس جزیرے پر پہنچے۔ نہایت ہوشیاری سے ساحل پر اترے اور پھر جھاڑیوں میں رینگتے ہوئے جب آگے بڑھے تو اس وقت سامنے مشرق میں جیسے کسی نے انار چھوڑ دیے تھے۔ اتنی اجلی صبح میں نے پنجاب میں بھی کبھی نہیں دیکھی۔ چڑیوں کے چہچہوں میں ہنسی کی سی کیفیت تھی۔ سمندری پرندے لمبی لمبی ٹانگیں لٹکائے ہمارے سروں پر تیرنے اور غوطے مارنے لگے تھے۔

اچانک ہم نے دیکھا کہ ہمارے سامنے ایک چھوٹی سی وادی چینی کی پیالی کی طرح نمودار ہو گئی۔ اس کے عین وسط میں چند جھونپڑے تھے اور چہار طرف ساحل کی سمت سے آتی ہوئی ان گنت پگڈنڈیاں، ان کے قریب آ کر غائب ہو رہی تھیں۔

جھونپڑوں کے گرد گھاس کے قطعے تھے۔ ان کے گرد درختوں کا ایک دائرہ تھا۔ ان کے پیچھے جھاڑیوں کا ایک دائرہ اور پھر سب کے آخر میں ساحل کی سنہری ریت اور سانس لیتے ہوئے سمندر کا دائرہ۔ سارا منظر کچھ عجیب مصنوعی سا لگتا تھا، بالکل کھلونا سا اور جب سمندر کی بڑی بڑی لہروں کی طرف دیکھتا تھا تو میرے قدموں تلے چینی کی یہ پیالی تیرتی اور ڈولتی ہوئی معلوم ہوتی تھی۔

ہم سب کو بڑی حیرت ہوئی کہ دیر تک انتظار کرنے کے باوجود ابھی تک ہمیں جھونپڑوں کے آس پاس کوئی بچہ تک دکھائی نہیں دیتا تھا۔ کسی جھونپڑے سے دھواں تک نہیں اٹھتا تھا۔ کسی بوڑھے کے کھانسنے تک کی آواز نہیں آتی تھی۔ صرف ایک کتا گھاس کے قطعوں میں لوٹیں لگا رہا تھا۔ تنگ آکر دستے کے جاپانی لیڈر نے اپنے ریوالور سے ہوا میں فائر کر دیا اور پھر ہم سب دبک کر زمین سے چمٹ گئے۔ مگر یہ فائر بھی جھونپڑوں کے آس پاس زندگی کا کوئی ثبوت نہ ابھار سکا۔ بس اتنا ہوا کہ کھیلتا ہوا کتا کان کھڑے کر کے ایک لمحہ ہماری طرف دیکھتا رہا اور پھر جھونپڑوں میں بھاگ گیا۔ چڑیاں بہت سی ڈاروں کی صورت میں مشرق کی طرف کچھ یوں اڑ گئیں جیسے ابھرتے ہوئے سورج میں گھس کر دم لیں گی۔

اب ہم نے ہلہ بول دیا۔ جھونپڑوں کے قریب آ کر ہم نے اکٹھے بہت سے فائر کھول دیے اور پھر جاپانی افسر نے کڑک کر چینی زبان میں کہا ''اگر کوئی اندر ہے تو فوراً باہر آ جائے ورنہ اس کے بعد ہم اندر آ کر کسی کو جیتا نہ چھوڑیں گے۔''

اور پھر میں نے ایک ایسا منظر دیکھا جو صرف جنوں پریوں کی کہانیوں ہی میں دیکھا جا سکتا ہے۔ یہاں سے وہاں تک تمام جھونپڑوں میں سے پھٹے پرانے چیتھڑے پہنے ہوئے بوڑھی اور ادھیڑ عمر کی عورتیں اتنی بہت سی تعداد میں ایک دم باہر نکل آئیں جیسے وہ اسی حکم کے انتظار میں تھیں۔ آن کی آن میں ہمارے سامنے جھریوں بھرے چہرے، لٹکتی ہوئی جھلیوں اور بجھی ہوئی آنکھوں کی قطاریں تن گئیں اور مجھے کچھ ایسا لگا جیسے کوئی بہت بڑا حادثہ ہونے والا ہے۔ اس وقت کا سناٹا ہولناک تھا۔ ابھرتے ہوئے سورج کی وجہ سے ہم سب کے سائے ڈراؤنی حد تک لمبے ہو کر گھاس کے قطعوں پر جیسے لیٹ گئے تھے اور عورتیں زیر لب کوئی جاپ کر رہی تھیں۔ کچھ ایسی پراسرار فضا پیدا ہو گئی جیسے ابھی ابھی ایک پل میں چینی کی یہ پیالی ہوا میں ابھر جائے گی اور الٹ کر سب کو سمندر میں گرا دے گی۔

جاپانی افسر کے حکم سے ہم نے انہیں گھیرے میں لے لیا۔ پھر جاپانی لیڈر آگے بڑھا اور گرج کر بولا، ''مرد کہاں ہیں؟'' ایک لمحے تک خاموشی رہی جیسے توپ میں گولا بھرا جا

رہا ہے۔ پھر ایک بالکل سفید بالوں والی بڑھیا ایک قدم آگے آگئی اور بولی، ''روز کے کام پر گئے ہیں۔''

''روز کے کام پر۔۔۔'' لیڈر کڑکا، ''یعنی جاپانی سرکار کی جڑیں کھودنے کے لیے چین کے ساحلوں پر فسادیوں کے اڈے بنانے؟''

''جی نہیں۔'' بڑھیا بولی، ''مچھلیاں پکڑنے!''

''اور بچے اور بوڑھے؟'' افسر نے پوچھا، ''اور تمہاری لڑکیاں؟''

''آج ہم مچھیروں کا سالانہ میلہ ہے۔'' بڑھیا اسی انداز سے بول رہی تھی، ''سب ادھر پانیوں میں خوشیاں منائیں گے اور۔۔۔''

''ادھر آؤ!'' لیڈر نے بڑھیا کے ہاتھ کو ایک جھٹکے سے کھینچا اور وہ منہ کے بل گر پڑی۔ دوسرے افسر نے اس کی پیٹھ پر اپنے ریوالور کا فائر کر دیا۔ وہ چیخی اور یوں تڑپی جیسے اٹھ کھڑی ہوئی ہے۔ پھر وہ چت گر پڑی اور دو ایک بار تن کر ٹھنڈی ہو گئی اور اپنی پتھرائی ہوئی آنکھوں سے جیسے ہم سب کو گھورنے لگی۔ سب عورتیں چہروں کو ہاتھوں سے چھپا کر رہ گئیں اور میں نے اپنے ہونٹ کے ایک گوشے کو اس زور سے کاٹا کہ کرچ سے میرے دانت میرے ہی گوشت میں اتر گئے۔ چڑیوں کے غول جو شاید پلٹ کر آئے تھے روتے ہوئے ہانگ کانگ کی طرف اڑ گئے۔

لمبی لمبی ٹانگوں والے سمندری پرندے کچھ یوں منتشر ہو کر ادھر ادھر اڑ گئے جیسے گولی انھی کے ہجوم میں سے گزری ہے۔ دور کے جھونپڑوں میں دو کتے بھونکنے لگے۔ ہم پنجابیوں کو عورتوں کی نگرانی کے لیے چھوڑ کر جاپانی جھونپڑوں میں گھس گئے۔ خوب خوب اٹھا پٹخ کی اور گالیاں بکیں۔ میں چینی عورتوں کے چہروں کو باری باری دیکھتا رہا، ان کی ٹھوڑی کے نیچے لٹکتی ہوئی جھلی موت کے خوف سے یا جانے کس احساس سے کانپے جا رہی تھی اور ان کی ذرا ذرا سی آنکھیں کہیں دور ہٹ کر سوچ رہی تھیں۔ جاپانی جھونپڑوں سے نکل کر دور گول ساحل کی طرف چلے گئے تھے اور جھاڑیوں میں فائر کر رہے تھے۔

اچانک ایک عورت زمین پر بیٹھ گئی۔ میں نے اس کی طرف دیکھا تو وہ گھبرا کر اٹھ کھڑی ہوئی اور اپنا زیر لب جاپ جاری کر دیا مجھے اپنی ماں یاد آ گئی۔ میں فوراً دوسری طرف دیکھنے لگا اور کچھ یوں ظاہر کیا جیسے میں ان سب سے بے پروا ہو گیا ہوں۔ آنکھوں کے گوشوں میں سے میں نے دیکھا وہ عورت پھر زمین پر بیٹھ گئی اور دوسری عورتوں کی ٹانگوں میں چھپتی ہوئی آگے کھسکنے لگی۔ مردہ بڑھیا کے پاس آ کر اس نے نہایت خوفزدہ انداز میں میری طرف دیکھا۔ پھر جلدی سے لاش کے چہرے پر ایک بڑا سا کپڑا پھیلا کر وہ پیچھے ہٹی اور اپنی جگہ پر آ کر کھڑی ہو گئی۔

میں نے ضبط کی کوشش کی، کانپتے ہوئے ہونٹوں کو دانتوں میں جکڑ لیا مگر میری آنکھوں میں آنسو آہی گئے۔ لاش کا منہ ڈھانپنے والی عورت تھوڑا سا آگے آکر مجھے بڑے غور سے دیکھنے لگی۔ میں نے اس کی طرف دیکھا تو اس کی پلکیں جھپک گئیں اور اکٹھے بہت سے آنسو اس کی جھریوں میں ندیوں کی طرح بہہ کر پھیل گئے۔ سمندر کی ٹھنڈی نم آلود ہوا میرے کھلے گریبان سے فائدہ اٹھا کر میری پسلیوں میں پیوست ہوئی جا رہی تھی اور میں رو رہا تھا۔ میں نے دوسری عورتوں کی طرف دیکھا، ان سب کی آنکھیں بھی ڈبڈبا آئی تھیں۔ میں بڑھیا کی لاش کی طرف دیکھنے لگا، ہوا کے جھونکے نے اس کے منہ پر سے کپڑا اڑا دیا تھا۔ میں نے جھک کر اس کا سر اٹھایا اور اس کے گرد کپڑا لپیٹ دیا۔

ایک جاپانی سپاہی چنگھاڑتا ہوا آیا اور میری کمر میں ایک زور کی ٹھوکر ماری۔ لاش کا منہ ڈھانپنے والی عورت کے سوا دوسری سب عورتوں نے ہاتھوں سے اپنے چہرے چھپا لیے اور میں کمر کی چوٹ کو سہلاتا کھڑا ہو گیا۔ جاپانی سپاہی نے لاش کے سر پر سے کپڑا نوچ ڈالا۔ مری ہوئی بڑھیا کا ذرا سا سفید جوڑا کھل کر اس کے کھلے دہانے اور پتھرائی ہوئی آنکھوں پر پھیل گیا اور سب جاپانی واپس آ گئے۔

دستے کے لیڈر نے عورتوں کے سامنے بڑے غصے سے ایک تقریر کی اور کہا،

''معلوم ہوتا ہے کہ ہانگ کانگ میں بھی تم لوگوں کا خفیہ گروہ کام کر رہا ہے اور انہی میں سے کسی نے تمہیں ہمارے چھاپے کی خبر دی ہے۔ ورنہ یوں نو عمر لڑکیاں، بچے، جوان اور بوڑھے جزیرے پر سے غائب نہ ہوتے۔ لیکن ہم یہاں سے جائیں گے نہیں۔ ہم آج سارا دن ان کا انتظار کریں گے اور جب وہ آئیں گے تو تمہارے بیٹوں، بیٹیوں، بھائیوں، بہنوں، شوہروں، بیویوں اور باپوں کو تمہارے سامنے گولیوں سے اڑا دیں گے اور پھر تمہیں بھی سمندر میں دھکیل دیا جائے گا۔'' وہ دیر تک ایسی باتیں کرتا رہا اور آخر ہم جنگی قیدیوں کو ان نئے قیدیوں کی نگرانی پر مقرر کر کے سب جاپانی دور درختوں کے دائرے میں چلے گئے اور اپنے اپنے تھیلوں سے شراب کی بوتلیں نکال کر قہقہے مارنے اور ناچنے گانے لگے۔

عورتیں ہمارے حلقے میں بیٹھ گئیں۔ بادل گھر آئے تھے جن کی وجہ سے سورج غائب تھا۔ اتنی دیر بعد بھی وہی منہ اندھیرے کا منظر جاری تھا۔ تیز ٹھنڈی ہوا میرے سینے میں برمے کی طرح گھسی جا رہی تھی۔ میں گریبان کے دونوں حصوں کو ملاتا تو میرا ہاتھ سن ہو جاتا اور جب چھوڑتا تو سر سے پاؤں تک لرز اٹھتا۔ بڑھیا کی لاش کی موجودگی کے احساس سے بھی جسم کی کپکپی میں اضافہ ہو رہا تھا۔ عورتوں کا زیر لب جاپ جاری

تھا۔ لاش کا منہ ڈھانپنے والی عورت کے چہرے پر آنسوؤں کی بجائے زردی سنڈ رہی تھی اور وہ منہ کھولے مجھے گھورے جا رہی تھی۔

دیر تک یہی کیفیت جاری رہی۔ جب ایک جاپانی سپاہی ہمارے پاس آیا اور بولا کہ فی الحال ایک اور قریبی جزیرے پر جانے کا فیصلہ ہوا ہے اس لیے کچھ دیر کے بعد ادھر روانہ ہوں گے اور جب تک یہ عورتیں ہم سب کے لیے کھانا تیار کریں گی۔ اس نے عورتوں کو کھانا پکانے کا حکم دیا اور ہمیں اپنی اپنی جگہ پر کھڑے رہنے کا حکم دے کر واپس چلا گیا۔

عورتیں اپنے اپنے جھونپڑوں میں چلی گئیں۔ بادل گرجنے لگا، ہوا میں جمی ہوئی برف کے ٹکڑے اڑنے لگے جو میرے سینے سے نکیلے پتھروں کی طرح ٹکرا رہے تھے اور میں اپنے گھروندے کے اس گوشے کو یاد کر رہا تھا جس میں دبک کر ہم ماں بیٹا سردیوں کا بیشتر حصہ گزار دیتے تھے۔ اپلوں کا دھواں ہمارا احاطہ کیے رکھتا تھا اور ماں بار بار میرے سینے پر اپنی چادر پھیلا کر کہتی تھی، ''سینے کو سردی سے بچائے رکھو بیٹا، ہوا میں جو نمونیا ہوتا ہے وہ سینے ہی کی راہ پسلیوں میں اترتا ہے۔۔۔''

آنسوؤں میں بھیگا ہوا اماں کا چہرہ ایک مدت کے بعد بڑی وضاحت سے میرے سامنے ابھرا۔ جھریوں میں پھنسے ہوئے آنسو بجلی کی چمک سے جگمگا اٹھے تھے۔ جھلی کانپ رہی تھی اور یہ چہرہ میرے قریب آرہا تھا۔

وہ عورت جس نے لاش کا چہرہ ڈھانپا تھا، آہستہ آہستہ میری طرف آرہی تھی۔ اس کے ہاتھ میں کوئی چیز تھی اور وہ بار بار پلٹ پلٹ کر جاپانیوں کی طرف دیکھتی تھی جو دور ابھی تک ناچ اور گا رہے تھے۔ اس کے چہرے اور میری ماں کے چہرے میں کتنی مماثلت تھی، بڑھاپے میں کتنی یکسانیت ہوتی ہے۔ اس وقت ان کی جھریوں میں بھی آنسو پھسل رہے تھے۔ قریب آکر رک گئی اور چینی زبان میں آہستہ سے بولی، ''قیدی ہو؟''

میں زبان سے کچھ نہ بولا صرف اثبات میں سر ہلا دیا۔ وہ بولی، ''میرا بیٹا جلدی میں تھا، میں پکارتی رہی مگر اس نے میری ایک نہ سنی، اس کی قمیص میں بھی تمہاری طرح ایک بھی بٹن نہ تھا۔''

میں چونکا۔

وہ بولتی چلی گئی، ''تمہاری ماں ہے نا؟''

میں اب کے بھی کچھ نہ بولا، صرف اثبات میں سر ہلا دیا۔ میں نے ضبط کرنے کی کوشش کی مگر بچے کی طرح رونے لگا۔ وہ آگے بڑھ کر میری قمیص میں بٹن ٹانکنے لگی اور جب ٹانک چکی تو آنسوؤں میں مسکرائی۔ جاپانیوں کی طرف کنکھیوں سے دیکھ کر اس نے جیسے چوری چوری میرے ایک گال پر بوسہ دیا اور میری قمیص سے آنسو پونچھ کر پلٹ گئی۔

اور میں ایک لمحے کے لیے یوں سمجھا جیسے چینی کی یہ پیالی ہوا میں ابھر کر الٹ گئی ہے اور میں پنجاب میں اپنی ماں کی گود میں گرا پڑا ہوں!

***

کچھ کہانیاں مدیر، ماہنامہ اردو دنیا، احمد ندیم قاسمی نمبر، اگست 2006ء کے تشکر کے ساتھ،

مزید کہانیاں مختلف فورمس میں پوسٹس

ان پیج سے تبدیلی اور تصحیح و تدوین: اعجاز عبید